绝景须向险处觅

陈鲁民 著

民主与建设出版社

·北京·

图书在版编目（CIP）数据

绝景须向险处觅 / 陈鲁民著 . —北京：民主与建设出版社，2019.12

ISBN 978-7-5139-2774-1

Ⅰ.①绝… Ⅱ.①陈… Ⅲ.①散文集－中国－当代 Ⅳ.① I267

中国版本图书馆 CIP 数据核字（2019）第 248103 号

绝景须向险处觅
JUEJING XUXIANG XIANCHUMI

出 版 人	李声笑	
著　　者	陈鲁民	
责任编辑	周佩芳	
封面设计	陈　姝	
出版发行	民主与建设出版社有限责任公司	
电　　话	（010）59417747　59419778	
社　　址	北京市海淀区西三环中路 10 号望海楼 E 座 7 层	
邮　　编	100142	
印　　刷	唐山楠萍印务有限公司	
版　　次	2020 年 1 月第 1 版	
印　　次	2020 年 1 月第 1 次印刷	
开　　本	710 毫米 ×1000 毫米　　1/16	
印　　张	13	
字　　数	200 千字	
书　　号	ISBN 978-7-5139-2774-1	
定　　价	49.80 元	

注：如有印、装质量问题，请与出版社联系。

目　录

第一辑　志趣高远

以"有趣"对"无趣"

我的志向是多看有趣的书，勤做有趣的事，常与有趣的人相处，过有趣的生活。可遗憾的是，这世上无趣之人偏多，无趣之事常见，有时还会碰上无趣之环境，你还不得不与其打交道，生活其中，怎么都躲不过去。但事在人为，境由心造，你也并非完全束手无策，可以趣对无趣之人，趣对无趣之事，以有趣对无趣。

趣对无趣之人。和有趣的人在一起，很愉快，很轻松，能净化心灵，如沐春风。战国人庄子，汉人东方朔，晋人王子猷，宋人苏东坡，元人关汉卿，明人唐伯虎，清人金圣叹，今人启功，黄永玉等，都是顶顶有趣的人，其文其画其言其行，无不妙趣横生。但百人百态，有趣的人往往可遇而不可求，你又不能要求人人有趣，只好学会与无趣的人打交道。与他们交往，不妨幽默一点，豁达一点，宽容一点，大度一点，遇事不必太认真，一笑了之。

启功被任命为中央文史研究馆馆长后，有人拍他马屁说：这可是"部级"呀！他诙谐地说："不急，不急，我真的不急！"在学校里，每有人叫他"博导"时，他就笑眯眯地说："我是一拨就倒，一驳就倒，不驳自倒矣！"最有意思的是，他外出讲学时，听到会议主持人说"现在请启老作指示"，他便忙接着说："指示不敢当。本人是满族，也叫胡人，因此在下所讲，全是胡言。"趣对无趣之人，启功堪称楷模，滑稽幽默且不伤和气。

趣对无趣之事。古人说：不为无聊之事，何以遣有涯之生！无聊即无趣，世间此事甚多，有时你还不得不参与，难受之极，如坐针毡。那咋办呢？一是硬顶。钱钟书最烦那些无聊应酬，偏偏来请的人很多，烦不胜烦，他就直言不讳地回绝："不愿见些不三不四的人，说些不痛不痒的话，吃些不干不净的饭，花些不明不白的钱。"风趣幽默，绵里藏针，拒了很多无趣饭局。

二是软抗。季羡林当副校长时，苦于文山会海，不得不参加很多无趣会议，还经常要坐主席台。他就利用开会时间，写着自己有趣的文章，往往是半天会议下来，他的一篇散文就写成了。积少成多，他的几本很有趣的散文集，就是在这无趣之事中诞生的。

趣对无趣之世。有趣之人，若不幸生在无趣之世，必然会格格不入，动辄得咎，但若能韬光养晦，机锋暗藏，趣对无趣之世，则一能自保，二能宣泄，三能影响世风，也是个不错选择。魏晋乱世，政治黑暗，罗织成风，人人自危，稍不留神，就会遭致灾难，是个很无趣的时代。竹林七贤们，就各显其能，用各种有趣的办法来应对这个无趣的世界。刘伶是饮酒旅游，长歌当哭；阮籍是佯装疯癫，惊世骇俗；嵇康是抚琴为乐，打铁为生；山涛是大隐于朝，周旋殿堂……当然，关键是他们虽"苟活于乱世"，却还有很多有趣的诗文面世，高雅清新，意趣盎然，否则也难冠"七贤"之名。

以有趣对无趣，首先自己要有良好的心态，达观豁然，乐观幽默，与人为善，宠辱不惊。功利心太强的人不可能有趣，事事都精心算计，患得患失，自己累别人也累；胜负心太重的人也不可能有趣，杀红了眼，较上了劲，哪还有什么趣味可言？争名于朝，争利于市的人，更是注定难与有趣结缘。

以有趣对无趣，还要有一定的智慧与学识，否则只会弄巧成拙，适得其反，甚至自取其辱。毕竟，有趣不是耍贫嘴，扮滑稽，耍酒疯，说段子。有趣对无趣，要以多识对无知，以幽默对死板，以新奇对无聊，以博闻广见对孤陋寡闻，就必须以学养作基础，知识为源头，聪慧为后盾，方可战胜无聊，引领无趣。

有趣，是人生的至高境界。有趣的人是生活的"开心果"，有趣的事是人生的"快乐源"，有趣之境是我们的"伊甸园"。以有趣对无趣，改造无趣，引导无趣，会引领更多的人变得有趣起来，而有趣的人与事越多，世界就会越有趣，人的生存质量幸福指数就会越高，抵达海格尔"人，诗意地栖居"的理想境界。

把日子过成"戏"

人生如戏，戏如人生。是坊间耳熟能详的两句老话，换言之，也就是"把日子过成戏"，人人都是演员，处处都是戏台。

这句话本身谈不上好坏吉凶，因为戏有多种，喜剧悲剧，正剧闹剧，内容形式结果是天差地别，关键就看你把日子过成什么类型的戏了。戏剧的特点，要有冲突，情节曲折，大起大落，悲欢离合，演员要性格鲜明，表演要自然贴切，冲突要合情合理，情节须精心安排。按照这样的标准，有的戏红红火火，丰富多彩；有的戏寡淡无味，贫乏平庸。有的戏久唱不衰，传为佳话；有的戏无声无臭，早成绝响。

有的人把日子过成了喜剧，建功立业，娶妻荫子，人丁兴旺，家庭和谐，令人羡慕不已。古人郭子仪算是一个典型，自己功勋卓著，名满天下，深得皇帝信任，而且，"八子七婿，皆贵显朝廷"，其中一个郭暧还当了驸马爷，跻身皇亲国戚，还与公主热热闹闹地演了一出《打金枝》的小戏。最后郭子仪得享高寿，善终辞世，尽享身后哀荣，子女也皆得保全，绵延数代。

有人把日子过成了悲剧，家破人亡，妻离子散，背井离乡，寄人篱下，凄凄惨惨戚戚。李后主平时只知咏花吟月，诗酒文章，自恃有长江天险，不知治国理政，练兵御敌，结果当了赵匡胤的俘虏，天天以泪掩面，生不如死。老婆被人欺负，也不敢说，忍了又忍，最后还是死于赵光义的一杯毒酒。"问君能有几多愁，恰似一江春水向东流"。

有的人把日子过成前喜后悲剧。《红楼梦》里的贾府一干人等，早先那日子，烈火烹油，鲜花着锦，"白玉为堂金作马"，阔绰之极，不胜奢靡。没想到，后来，元妃早薨，贾政罢官，家被查抄，人遭缉拿，家计迅速败落，落了个"白茫茫一片大地真干净"。这也与他们前边太"作"有关，过分预支了该有的福分，最后不得不还债。

有的人把日子过成前悲后喜剧。西汉人朱买臣家贫，早年靠砍柴为生，吃了上顿没下顿，家徒四壁，穷困潦倒，连老婆都不愿跟他过了，主动要求把自己休了。后来，朱买臣发奋苦读，科举高中，被封为会稽太守，衣锦荣归，居华屋，坐大轿，娶美妻，尽享荣华富贵。民间有《朱买臣休妻》《朱买臣卖柴》两出戏，颇受戏迷追捧，久演不衰。

有人把日子过成了全本大戏，有头有尾，丰富多彩，跌宕起伏，引人入胜。著名语言学家周有光，活了110岁，历经四个朝代，经历奇特，身世坎坷，博学多才，著作等身，被誉为中国拼音之父，不仅造福亿万民众，自己也青史留名，这就是标准的全本大戏。要把日子过成了全本大戏，寿命要足够长，身体足够好，贡献足够大，经历足够丰富，最后剩者为王。

有人把日子过成了折子戏，好看归好看，就是太短，让人难以尽兴。序幕拉开，刚上去亮个相，唱了几嗓子，甩了个水袖，抛了个媚眼，就迎来一片喝彩，可惜还没等观众看够，就早早散了场，曲未终，人先去，着实令人遗憾。称象的曹冲，淹亡的王勃，病逝的李贺，词人纳兰性德，天才数学家伽罗华，功夫巨星李小龙，诗人海子，那些英年早逝的人，无不如此。

有人把日子过成了闹剧，声色犬马，纸醉金迷，吃喝玩乐，浑浑噩噩，无所事事，空耗大好年华，最后一事无成，那些纨绔子弟，富二代，大抵如此，不说也罢。所以，看那些混混颐指气使，气焰嚣张，无须动气愤懑，只要有足够耐心，就一定能"看他起高楼，看他宴宾客，看他楼塌了"。

种瓜得瓜，种豆得豆。人都是自己命运的主人，都是自己这部人生大戏的策划、导演、编剧、主演。人这辈子究竟把日子过成了什么戏，是喜剧还是悲剧，是全本大戏还是折子戏，既要看自己的意愿和梦想，"有志者事竟成"；还要看自己的努力和投入，一分耕耘，一分收获；也要看命运安排，天时地利，毕竟谋事在人，成事在天，形势比人强。

说话间，锣鼓响起，大幕拉开，该您登场了！

绝景须向险处觅

去西藏旅游数日，大开眼界，满载而归，雪域圣地果然名不虚传，景色，美不胜收。给我印象最深刻的不是巍峨庄严的布达拉宫，不是香客云集的大昭寺，不是"西藏江南"林芝，也不是美如仙境的纳木错，而是惊险无比也壮美绝世的雅鲁藏布江大峡谷。

这个景点很少有游客去，就是因为路途过于险峻，比去别的旅游景点难度更大，风险更高。因而，一般的旅行社都不安排这个项目。我去西藏前，已做足功课，进行充分准备，一定要去这个心仪已久的景点。经过耐心等待与挑选，终于找到一个去雅鲁藏布江大峡谷景点的旅行社，与十几个"勇敢者"踏上去大峡谷的旅途。

汽车出拉萨，经林芝，尼洋河，辗转两日，到达雅鲁藏布江江边，换小艇逆江而上，约一小时，到达大峡谷景点入口处上岸，然后再换景点汽车去景点观景台。一路上，让我们提心吊胆，路极窄，汽车几乎是沿着悬崖边在开，路边没有任何保护设施，又是坑坑洼洼的土路，下边就是奔腾呼啸的雅鲁藏布江，如果稍有差池，后果不可想象。司机是个三十多岁的四川小伙子，我问他，路这么窄，中途遇到错车咋办？他说，放心，今天就你们一个团，不会有其他车。经过一个多小时的艰难颠簸，终于到达大峡谷景点观景台，首先映入眼帘的是大门上的一副对联："好汉不走寻常路，绝境须向险处觅。"不由让人精神一振，心情大好。

雅鲁藏布大峡谷是地球上最深的峡谷，全长 504.6 千米，最深处 6009 米，平均深度 2268 米。登上观景台，远处是高大巍峨的南迦峰雪山，在云雾中半掩半映，下边是一泻千里的雅鲁藏布江，白浪翻滚，声啸如雷，气浪冲腾，令人惊心动魄。果然是天下绝境，游人无不叹为观止。倘若只走寻常旅游路线，安全固然安全，保险固然保险，如何能领略到这样的天下奇绝！

站在观景台上，极目远眺，心旷神怡，我不由浮想联翩，观景旅游如此，做人处世何尝不也是如此。走寻常路，做寻常工作，付出寻常代价，得到的只能是寻常收获，寻常成就，寻常人生。而不畏艰险，敢于挑战，勇于攀登，有点冒险精神，才有可能到达险峻的顶峰，创建出非凡的业绩。

三国名将邓艾，率偏师出奇兵，走绝路，攀险峰，凿山开路，修栈架桥，越过无人区，征服"蜀道难"。出其不意攻其不备，直捣蜀都成都，建不世之功，创造了中国战争史上著名的奇袭战例。

科学家居里夫人，走的也是一条险绝之路，荆棘遍地，阻力重重。但她以惊人的勇气和毅力，一往无前，奋力拼搏，甚至不惜牺牲身体健康，成功地发现了元素钋和镭，因而成为世界上第一个两获诺贝尔奖的人。

发明家诺贝尔，为了发明安全炸药，冒着生命危险进行试验，曾多次受伤，弟弟艾米尔也在试验中不幸身亡，但他仍不退缩，迎难而上，终于取得试验成功，不仅给人类带来福祉，也奠定了自己伟大发明家的位置。

游泳运动员孙杨走的是另一条险峻之路。按中国人的身体条件，最适宜进行短距离游泳项目，因而练的人很多，可是长距离游泳，需要更好的体力与耐力，一般都是欧美人的传统项目。孙杨立志要练远距离游泳项目，是风险很大的，弄不好就会一无所获，不如练短距离保险。可是，孙杨偏要走这条险路，一练就是二十年，打破了欧美运动员在远距离游泳项目的垄断，创造出无数佳绩，收获了属于他的绝佳风景，成了中国游泳界的骄傲。

推而广之，干其他任何事情都是如此，没有敢于冒险的精神，没有勇于挑战的气魄，没有不怕牺牲的胆略，没有坚忍不拔的意志，做任何事情都不可能出彩，都只能在景色庸常的世界里自得其乐，小打小闹，如同井中之蛙。

中国还有一句老话叫"富贵险中求"，如果能用好这句话，审时度势，抓住时机，敢于冒险，不怕失败，确实要比寻常致富道路上要收获更大，得益更多。就说现在名满天下富甲一方的马云来说，看看他的人生轨迹，充满挑战，艰险无比，他从来没有按部就班的概念，从来不肯按常理出牌，而偏偏在他人觉得无路可走的地方走出了康庄大道，在每每山穷水尽之际，迎来柳暗花明。

他山之石可以攻玉。我们固然羡慕邓艾、居里夫人、诺贝尔、马云、孙杨们的人生成就，羡慕他们的名利与财富，其实更应效法的还是他们的精神世界，他们的胸怀气度，他们的勇气胆略，他们的创新意识，如果能在这一点上与他们同行，向他们看齐，就一定能收获属于我们自己的奇绝风景，领略"无限风光在险峰"的美好境界。

最后，让我们重温马克思的名言："在科学上没有平坦的大道，只有不畏艰险沿着陡峭山路攀登的人，才有希望达到光辉的顶点。"

被上帝咬过的苹果

有一个盲人，小时候深为自己的缺陷烦恼沮丧，认定这肯定是老天在惩罚他，自己这一辈子算完了，没奔头了。后来一位老师开导他说："世上每个人都是上帝咬过的苹果，都是有缺陷的人。有的人缺陷比较大，是因为上帝特别喜爱他的芬芳，多咬了一口。"他很受鼓舞，从此把失明看作是上帝的特殊钟爱，开始振作起来，勇敢向命运挑战。若干年后，他成了一个著名的盲人推拿师，为许多人解除了病痛，还出了研究专著，办起了按摩医院，被选为议员。他的事迹被写进当地的小学课本，成为励志楷模。

把人生缺陷看成"被上帝咬过一口的苹果"，这个思路太奇特了，尽管这有点自我安慰的阿Q精神。可是，人生不如意者十之七八，这个世界上谁没有沟沟坎坎，谁不需要找点理由自我安慰呢？而且，这个理由又是这样的善解人意，幽默可爱。

世界文化史上有著名的三大怪杰：文学家米尔顿是瞎子，大音乐家贝多芬是聋子，天才的小提琴演奏家帕格尼尼是哑巴。如果用"上帝咬苹果"的理论来推理，他们也都是上帝特别喜爱，狠狠地咬了一大口的缘故。

就说帕格尼尼吧，4 岁时出麻疹，险些丧命；7 岁时患肺炎，又几近夭折；46 岁时牙齿全部掉光；47 岁时视力急剧下降，几乎失明；50 岁又成了哑巴。上帝这一口咬得太重了，可是也造就了一个天才的小提琴家。帕格尼尼 3 岁学琴，即显天分；8 岁时已小有名气；12 岁时举办首次音乐会，即大获成功。之后，他的琴声几乎遍及世界，拥有无数的崇拜者。他在与病痛的搏斗中，用独特的指法弓法和充满魔力的旋律征服了整个世界。著名音乐评论家勃拉兹称他是"操琴弓的魔术师"，歌德评价他"在琴弦上展现了火一样的灵魂"。有人说，上帝像精明的生意人，给你一份天才，就搭配几倍于天才的苦难。这话真不假。

上帝很"馋"，几乎是见谁咬谁，所以人都是有缺陷的，有与生俱来的，有后天形成的。既然无法抗拒，又难以弥补，就只有"既'咬'之，则安之"，从容应对。你咬你的，我活我的，不屈服于命运的摆布，像贝多芬那样，扼住命运的咽喉，或者干脆学学尼采，公开宣布：上帝死了。

上帝又吝啬得很，决不肯把所有的好处都给一个人，给了你美貌，就不肯给你智慧；给了你金钱，就不肯给你健康；给了你天才，就一定要搭配点苦难……当你遇到这些不如意事，不必怨天尤人，更不能自暴自弃，顶好的办法，就是像那个老师那样去自励自慰：我们都是被上帝咬过的苹果，只不过上帝特别喜欢我，所以咬的这一口更大罢了。

过多才华是一种病

"过多才华是一种病"，这话如果是我这样的笨人说的，就有点吃不着葡萄说酸的意味，可出自才华横溢的著名作家诗人木心之口，那就颇有说服力了。其原话是："过多的才华是一种病，害死很多人。差点儿害死李白。"李白咱们都熟悉，那可是一等一的大才子，曾对全世界公开宣布"天生我材必有用"，会写诗，舞剑，喝酒，下棋，书画，抚琴。还自以为会做官行政，治理天下，可就是后边这一条才能，差点要了他的性命。

胡适也是被"害死"的很多人之一。他才高八斗，能写能说能干，能当教授学者，也能当大使院长，所以前前后后拿了几十个博士学位，有自己挣的，也有人家送的，可是他吃亏也吃在过多才华上了。因为他才华太多，爱好太广，又不知节制，结果是处处用心，啥都想弄，最后把精力分散了，啥也没弄完。《白话文学史》写了一半，《中国哲学史大纲》写了一半，《水经注》研究搞了一半，有人因此戏弄他是"上半身大师"。

反之，与他同时代的梁实秋，虽也多才多艺，但却能有所不为，敢于舍弃，一生专攻文学，心无旁骛。最终，他的随笔写成气候，《雅舍小品》风靡一时，再版数十次，凡有井水处，皆有梁文。他的译作也成就斐然，领先一时，他坚持不懈，花40年时间完成了《莎士比亚全集》的翻译，计有剧本37册，诗3册。一举奠定了自己著名散文家、文学批评家、翻译家的地位。

姚鼐也差一点被"害死"，多亏他及时回头，才转危为安。姚鼐《惜抱轩集·诗后集》记，一日，浙江嘉定文学家王鸣盛对朋友戴震说："我以前很怕姚鼐，如今不怕他了。"戴震说："这是为什么？"王鸣盛曰："彼好多能，见人一长辄思并之。夫专力则精，杂学则粗，故不足畏也。"戴震把这话告诉了姚鼐，姚如醍醐灌顶，大彻大悟，马上改弦易辙，忍痛放弃多种爱好，牺牲多样才能，聚精会神写作，全力专攻古文。经过数十年的琢磨钻研，苦心孤诣，终成桐城派散文之集大成者，与方苞、刘大櫆并称为"桐城派三祖"。

"专力则精，杂学则粗"，这话说得太经典，太深刻了。所以，如果有人夸你多才多艺，怂恿你四面开花时，即便这是由衷的好话、好心，你也要格外警惕啊，因为有"害死很多人"的前车之鉴，你不想跻身其中吧？其实严格地说，过多才华不是病，而涉猎太广，过多地在多领域显示才华，狗揽八泡屎，处处都想拔尖逞能才是病。

当然，凡事都有例外。亚里士多德，号称"百科全书"式的大师；苏东坡，集诗词家、书法家、文赋家、美食家、佛学家于一体；达芬奇，学者、发明家、艺术家，博学多才的巨人，他们都在多个领域里大放异彩，广有建树。要做到他们那个高度，一是寿命足够长，二是效率足够高，三是足够勤奋，再加上路子要对，有一条不济，就走不下去。而且，这种全才是不世出的，数千年才有一个，轮到你我的概率就好像买彩票中头奖一样，属于小概率事件。

《荀子·劝学篇》曰："蟹六跪而二螯，非蛇鳝之穴无可寄托者，用心躁也。"过多地显示才华的人大约就像这位"无肠公子"，看起来张牙舞爪，威风凛凛，其实哪一样都不突出，谁都能轻松收拾它，经常成为人们的盘中餐。反之，"蚓无爪牙之利，筋骨之强，上食埃土，下饮黄泉，用心一也。"还有蝎子、毒蛇，都貌不出众，才不惊人，却能纵横天下，少有对手，敢惹他的人不多。无他，一个靠尾巴上的钩子，一个凭嘴里的毒牙。这就叫"一招鲜吃遍天"，才不在多，管用好使才是最重要的。才多而滥用，那就是病，肯定会害人的。

我喜欢"原生态"

自舞蹈家杨丽萍领衔的《云南映象》走红之后，"原生态"一词使用率陡增。青歌大赛中，"原生态"歌手的异军突起，又给"原生态"加了一把火。

顾名思义，就是那些未经加工、训练、雕饰、改造，原汤原水，原汁原味，本色自然的东西，或歌或舞，或曲或调，就叫"原生态"。其实，不仅歌舞有"原生态"，引申开来，生活中也有各种各样的"原生态"，正因为其"清水出芙蓉，天然去雕饰"，所以我喜欢"原生态"。

我喜欢"原生态"的美女。爱美之心，人皆有之，但我不喜欢那些浓妆艳抹的美女，不化妆就不敢出门，更不喜欢动刀动剪的"人造"美女；我喜欢素面朝天、朴实本色的美女，就像四川寨子里那个羌族"神仙妹妹"尔玛依娜。

我喜欢"原生态"的美景，古朴自然，浑然天成，人为的痕迹越少越好；而那些人造景点，不论修得再漂亮，再现代，再巧夺天工，我也没兴趣，请我也不去。

我喜欢"原生态"的政府经济统计数字，真实可靠，光明磊落；那些加水的、改造的、根据"需要"可随时变化的统计数字，虽然"看起来很美"，但纯属自欺欺人。

我喜欢"原生态"的模范典型，可亲、可信、可敬、可学，就宛如身边的同事朋友；而那些过度雕刻、拔高、神化、美化的模范典型，效果却恰恰适得其反，让大家觉得高不可攀。

我喜欢"原生态"的馒头，不一定太好看，但吃着放心；那些加了增白剂、又用硫磺熏过的馒头，再白我也不买，吃下去可能会出事的。

我喜欢"原生态"的报纸。报纸本来就是新闻加副刊，如果广告占了一多半，有偿报道又是一大片，那就"异化"了，名气再大的报纸，我也不看。

我喜欢"原生态"的公仆，作风纯朴，平易近人，心口如一，赤子之心；不喜欢那些高高在上，颐指气使的"老爷"，以及被各种潜规则打磨得炉火纯青的官场"油子"。

我喜欢"原生态"的月饼，朴实无华，惠而不费，味道香甜可口；而不喜欢那些豪华包装、金玉其外的天价月饼，那些被专门用来送礼行贿的公关月饼，因为"变味"了。

我喜欢"原生态"运动员，老老实实，本本分分，公平竞争，靠实力说话；不喜欢弄虚作假，投机取巧，服用兴奋剂的运动员，哪怕你是世界冠军。

我喜欢"原生态"的药品，如青霉素、阿司匹林等，物美价廉，有效实惠；不喜欢那些改头换面，乔装打扮，一换名字就狮子大开口，欺骗患者，发黑心财的新药、特药。

我喜欢"原生态"的书籍，好读好放，买得起，用得上；什么超级精装本、豪华本、金箔本、珍稀本，华而不实，故弄玄虚，统统都是商业炒作，在我这儿是没有市场。

我喜欢"原生态"的住房，简单舒适，干净利落，有家的感觉；不喜欢装修豪华，包装过分的房子，污染严重且不说，住着就像是旅馆，没着没落的。

我喜欢"原生态"，自己也想当个"原生态"的人，再交几个"原生态"的朋友，生活在原生态的环境，遇几个"原生态"的邻居，碰上一个的"原生态"上司……但愿美梦成真！

诗一样的日子

歌手李健夫妻在网上晒幸福："咖啡先生精心做了一杯极好的浓缩，我就挑了黑松露巧克力球搭配。""我在小园浇水，昨晚回来的出差先生隔着纱窗说，与你在一起的日子才叫时光，否则只是无意义的留白……风儿吹过来，小花草纷纷跳起舞。"这样的生活被网友们解读为"诗一样的日子"。

"诗一样的日子"，这样的提法很新鲜，但算不上原创，早在19世纪，德国浪漫派诗人荷尔德林就写过一首诗《人，诗意地栖居》，后经海德格尔的哲学阐发，"诗意地栖居在大地上"，就成为许多人的共同理想。而诗情画意，如诗如画，更是屡屡被古人用来形容心目中的美好生活。诗一般的风景，诗一般的国度，诗一般的语言，诗一般的年华，诗一般的时代……则是现代人滥用的句子。

诗的基本特征是浪漫、激情、美好，"诗一样的日子"，就是要营造浪漫、激情、美好的生活，这也是人人向往的生活。情人节送99枝玫瑰，过生日办盛大派对，与心爱的人一起周游世界，送爱人昂贵的"鸽子蛋"，冬天去三亚避寒，夏日去东北避暑，春天去郊外看花，秋日去登高望远，雨天与朋友在咖啡馆里谈诗论文，雪天邀三五知己踏雪访梅，到卡拉 OK 厅引吭高歌，到舞厅翩翩起舞，去博物馆看新锐画展，去足球场摇旗呐喊，学严子陵垂钓江河，效苏东坡品茗待客，与棋手大战三百合，健身房练出一身汗……这些就是我等俗人所能想到的"过成诗"的日子。要过成这样，须有钱、有闲、有情趣，缺一不可。

有钱是"诗一样的日子"的经济基础，少了这一条，就浪漫不起来，那些富有诗意的事有一大半都没法干。高雅的人会说"别提钱，一提钱就俗"，可朋友一起吃饭总要有人买单吧，送玫瑰、赠钻戒都没有免费的吧。"贫贱夫妻百事哀"，《麦琪的礼物》里的那一对小夫妻，都是浪漫一族，可囊中羞涩，圣诞之夜，本想让自己充满爱意的礼物给对方一个惊喜，没想到却有了那样一个令人落泪的结局，缺少钱的诗意，必定会捉襟见肘，窘态可掬。怎么办？先把钱挣够再说，好好工作，努力挣钱，把腰包装满，底气足了，诗意也就有了栖身之地。

有闲是"诗一样的日子"的时空前提。倘若一年到头忙的要死，不是加班，就是出差，早起晚归，废寝忘食，起得比鸡早，睡得比狗晚，那是不会有任何诗意的。诗意都是闲出来的，无论是陶渊明的"采菊东篱下，悠然见南山"，还是李太白的"人生得意须尽欢"，抑或陆放翁的"小楼一夜听春雨"，辛弃疾的"醉里挑灯看剑"，都是闲而适意的心境写照。因而，宁可少发财、不升职、弃虚名，也不能心为形役，身如牛马，把自己捆那么紧，没一点闲暇，就像高速旋转的陀螺，终日身心疲惫，幸福指数降至最低。还是想想办法让自己放松下来，多给心灵放假，忙里偷闲，张弛有度，或会让我们离诗意近一点。

"诗一样的日子"，要有钱、有闲、还要有情趣。一些人腰缠万贯，却被人视为土豪，一些人手里有大把时间，却闲极无聊，因为他们缺了高雅情趣。高雅情趣，健康、科学、文明、阳光、乐观、豁达，是把有钱和有闲变成诗意的催化剂。高雅情趣需要培养，多读书，"腹有诗书气自华"；多结交有品位的朋友，"近朱者赤，近墨者黑"；多参加高雅文化活动，耳濡目染，潜移默化。久而久之，追求高尚了，谈吐不俗了，举止潇洒了，诗意也就自然而然光临了。

诗乃文学之祖，艺术之根。"诗一样的日子"或"把日子过成诗"，是生活的至高境界，令人心向往之。但能不能达到就另说了，毕竟还有那么多附加条件，不管怎么说，试一把总是可以的吧，万一要实现了呢？

激活你的"补偿机能"

大千世界，很多动物都有"补偿机能"。蛇的视力很差，嗅觉却极灵敏，因而照样独步天下；蝙蝠基本是瞎子，却靠着特有的"雷达"捕食生活，是这个星球上最古老的物种；刺猬几乎没有任何进攻能力，却生出一身刺来保护自己，也活得挺滋润；蜘蛛虽行动迟缓，却能织网捕虫，小日子过得不赖。

人也有很强的"补偿机能"，特别是那些身体有缺陷的人。譬如盲人的听觉特别好，一根针掉地上都能听见；耳朵失聪的人眼睛特别亮，有的聋哑人甚至能看懂别人的简单说话；腿有残疾的人往往心灵手巧，有不少都会修表修电器；而下肢肌肉萎缩的人，一般上肢肌肉就非常发达。这就是因为，某一器官出现缺陷后，就会在身体的其他器官上进行相应补偿。

人又是社会的人，所以除了身体有"补偿机能"，人还有更重要的心智上的"补偿机能"。如果说身体上的"补偿机能"是自发的、下意识的、不可控的；心智上的"补偿机能"则是主动的，有意识的、可控的。

说说几个我熟悉的人的例子。

一个女人很丑，从小到大，众人的宠爱，老师的欢心，小伙子的青睐，都与她无缘。她曾经很自卑，逼着自己发奋学习，付出比别人更多的努力，投入比别人更多的心血。天道酬勤，结果她在学业和事业上都远远领先于那些美女娇娃，理所当然地成为家乡和母校的骄傲，成为人们教育孩子学习的榜样。巨大的成功，就是她自己对自己丑陋容貌的最好补偿。

某科研所一群同事里，唯有他一人没有博士学位，这是很令人自卑的事，总觉得低人一头。于是，他就拼命地学习、研究，年复一年地拿出比那些博士数量更多、质量更高的研究成果。数年过去了，仍然没有博士学位的他，不仅成了这一群博士的领导，也成了这一行业的权威。出类拔萃的工作成就，便是他对自己没有博士学位的最佳补偿。

一个来自贫困山区的穷孩子，上大学要靠贷款，穿得最破，吃得最差，还要靠捡破烂卖钱来养活自己，因此老被同学们嘲笑。他就发奋读书，功课门门第一。到了工作岗位上，又白手起家，艰苦创业，后来成了北京一家著名房地产公司的老总，资产数十亿。当年嘲笑他的同学，还有几个在他手下打工。轰轰烈烈、如日中天的事业，就是他对自己当年的贫穷落魄的补偿。

古今中外，这种扬长避短、自我补偿的事，举不胜举。司马迁惨遭宫刑，痛不欲生，他经过毕生努力，补偿给自己的是"史家之绝唱，无韵之《离骚》"的《史记》；李白没能做官，引为憾事，他补偿给自己的是"斗酒诗百篇"的文胆诗才，"绣口一吐，就是半个盛唐"；沈从文中年后无法"从文"，郁郁不得志，他补偿给自己的是中国历代服饰的权威专著和泰斗头衔；周信芳年轻时"倒仓"失声，众人断言他无法再唱，他却另辟蹊径，创出了苍凉沉郁、独具一格的周派唱腔。

我们看到，现实生活中，固有司马迁、沈从文、周信芳这样因主动自我补偿而"失之东隅，收之桑榆"的成功者，也有更多受到打击后一蹶不振，彻底沉沦的失败者。其根本差别就在于，有些人的"补偿功能"被有效激活，由隐性变为显性，发挥了积极作用；有些人的"补偿功能"却一直在睡大觉，根本没有激活，仍然处于隐性状态。那么，激活或打开我们的"补偿功能"，有没有什么类似芝麻开门的诀窍呢？如果有，依我所见，那就是六个字：发愤、勤奋、坚持。

理想不一定太远大

莫言得诺贝尔奖文学奖了，大家都说他打小就有过人才气，远大理想，所以成就大器。其实，据莫言回忆说，他小时候的志向十分卑微，主要有两条：一是希望将来能当个天天吃饺子的作家，因为那时候他家里穷，常吃不饱肚子，有个从城里下放的右派邻居对他说，一个作家写了本书，那稿费多得一天三顿吃饺子都吃不完；二是能娶村里石匠的女儿，那闺女黑黑胖胖，说话嗓门又大，干活赛过小伙子，是莫言当时眼里的极品美女。就是从这个很不起眼的理想为起点，莫言宵衣旰食，步步攀登，殚精竭虑，不断进步，终于创造了今天的辉煌，一举成名天下知，世上无人不识君。

还有一个从事餐饮业的京城老总，手下有十几家星级酒店，胡润财富榜上年年有名，常被人当成励志楷模来宣传。可他当初也没什么远大理想，在农村插队时，理想是能跳出农门，当个工农兵大学生；上大学中文系时，看上了班上的一个美女，最大理想就是将来能娶她为妻。为了这个理想，大学三年里，他废寝忘食，加班加点，终于发表了一部长篇小说，也打动了美女，梦想成真。后来，文学不景气了，他又立志开一家饭店养家糊口，没想到，一不小心整大了，店越开越多，越办越火，现在有了几十亿身家，每年光慈善捐款就多达千万元。

我认识一个陕西礼泉籍领导干部，小时候饥一顿饱一顿的，实在饿怕了，人生理想是到商店里当个售货员，能吃上商品粮，旱涝保收。后来上大学了，吃上商品粮了，他又想和一个女同学谈恋爱，屡遭拒绝，求爱信人家不启封就退回，还对其他同学说他是"癞蛤蟆想吃天鹅肉"，他当时发誓，一定要干出名堂，让那位女同学后悔。后来，他为了这个并不高尚的理想，卧薪尝胆，发愤图强，事业一天天进步，职务也不断提升，现在已成为省部级高官。至于那位女同学是否后悔不得而知，他也早就不关心这事了，但这个理想所起到的促进作用却是实实在在的。

古人推崇"志存高远"，形容成功人士时常用"少有大志"之类词语，并最爱以项羽的"彼可取而代之"与刘邦的"大丈夫当如是"为例证，说明远大理想对日后成功的重要激励作用。这从理论上说固然不错，成功范例亦不少，但也要清醒看到，远大理想的实现要受很多限制，天时地利人和缺一不可，成功率极低，因而远大理想容易失之于虚妄，成为一句空话，其结果多是壮志未酬，铩羽而归，造成一大批志大才疏者。还不如小一点且具体而容易实现的理想更能起到励志作用，操作性更强，实现的可能性也更大。

当然，还应强调一点，当原先的卑微理想实现后，千万不要停滞不前，自满自得，小胜即安，还要树立新的更大的理想，继续前进，更上层楼，这样，集小胜为大胜，不知不觉间就达到了原来想都不敢想的人生高度。就像莫言，30来岁时，当作家"吃饺子"的理想实现后，他没有沾沾自喜，也没停顿，而是选择了新的更高理想——冲击诺贝尔奖文学奖，并孜孜矻矻，苦心孤诣，奋斗多年，最终登临极顶，傲视群峰，"一览众山小"。

理想的价值不在于理想本身的大小，而在于有无意义，有无实现的可能，关键是你是否为努力实现它而付出了努力。"九层之台，起于累土，千里之行，始于足下"，人生好比登山，高耸入云的山峰往往被人视为畏途，但如果把登山的远大理想细化为一个个小的阶段性理想，就像一个个台阶，那就容易多了，轻松多了，只要我们有坚忍不拔的精神，扎扎实实地一步一个台阶地攀登，终有一天会达到光辉的顶点。

槛外说"遇"

很喜欢清代文人张潮的《幽梦影》，捧书细读，格言警句俯拾即是，睿语慧文琳琅满目，可谓字字珠玑，美不胜收。

读到"镜不幸而遇嫫母，砚不幸而遇俗子，剑不幸而遇庸将，皆无可奈何之事。"几行文字，我不由得闭卷思索，浮想联翩，如果沿着这个思路"续貂"，世间其实还有很多"不幸而遇"。

先说物人之遇。好书不幸而遇"蠹虫"，读再多也是呆子；妙笔不幸而遇文盲，即便能"生花"又有何用？仙鹤不幸而遇屠夫，难逃下汤锅一途；千里马不幸而遇磨坊主，只有壮志难酬老死庭院；卞氏玉不幸而遇楚王，无价之宝被识为山间顽石。聂耳不幸而遇大海，化为浪花一朵；志摩不幸而遇高山，变成一片白云。

再说人人之遇。灾民不幸而遇贪官，好似破屋遭雨；病人不幸而遇庸医，不啻雪上加霜。周瑜不幸而遇孔明，演出"既生瑜，何生亮"的悲剧；杨修不幸而遇曹操，"聪明反被聪明误"。韩非不幸而遇李斯，受其陷害，死于牢狱；李斯又不幸而遇赵高，父子同被绑赴刑场，"咸阳市中叹黄犬"。民族栋梁岳飞不幸而遇秦桧，风波亭上高呼"天日昭昭"；国家重臣比干不幸而遇纣王，竟被切腹剖心。在一次世界杯上，法国著名球星齐达内不幸而遇意大利的马特拉齐，激怒之下，一头撞丢了冠军奖杯，也撞掉了自己一世英名。

再说姻缘之遇。才女不幸而遇拙夫，娇娃不幸而遇莽男，既不知惜香怜玉，又不懂琴瑟和谐，最是可惜可叹。无怪乎谢道蕴遇王凝之，空叹"天壤王郎"；杜十娘遇李甲，怒沉百宝箱；秦香莲不幸而遇陈世美，险成刀下冤鬼。秦淮名妓柳如是，千挑万选，却不幸而遇钱牧斋，鲜花插在牛粪上且不说，还遇到一个贰臣软蛋，遗臭万年。

反过来说，人世间还有许多"有幸而遇"，亦不妨列举一二。

贤臣有幸而遇英主。孔明有幸而遇刘备，赤诚相见，成就三分天下大业；姜子牙有幸而遇周文王，同舟共济，开创周朝八百年江山；魏徵与唐太宗君臣相得，一个敢出诤言，一个从善如流，传为千秋佳话。

佳人有幸而遇才子。李清照与赵明诚天造地设，绿肥红瘦，人称神仙眷侣；卓文君与司马相如佳配奇缘，夫唱妻和，令人羡艳；梁思诚与林徽因志同道合，相得益彰，共铸美好"人间四月天"；新凤霞与吴祖光患难与共，不弃不离，堪称爱情楷模。

高士有幸而遇良友。廉颇遇蔺相如，肝胆相照，演出千古不朽"将相和"；管仲遇鲍叔牙，惺惺相惜，合力成就齐桓霸业。荆轲遇渐离，气贯长虹，血脉贲张，"壮士一去兮不复返"。伯牙遇子期，心心相印，高山流水觅得知音；曹雪芹遇高锷，事业有传人，《红楼梦》终于成书。

宝剑有幸而遇英雄。辛弃疾"醉里挑灯看剑，梦回吹角连营"，英雄盖世；谭嗣同"我自横刀向天笑，去留肝胆两昆仑"，气壮山河；王昌龄"黄沙百战穿金甲，不破楼兰终不还"，豪气干云。

大千世界，造化弄人。所谓"遇"，无非一是遇人，是否怀才不遇；二是遇机会，是否生不逢时。许多事情可遇而不可求，那就不说了。但有些"遇"是自找的，争取来的，有些"遇"是耐心等来的，这就大有文章可做，并非"皆无可奈何之事"。那么，"有幸而遇"时，当珍惜，勿轻狂，常想盈亏不定的道理；"不幸而遇"时，休气馁，当自强，积极向上的生活态度，锲而不舍的奋斗精神，有时可起到扭转乾坤的作用，至少也可以使人保持良好心态。

你最后悔什么？

后悔，是世人最常见的一种感受，这个世界上，没有谁没后悔过。闺中少妇看到陌头杨柳色，就"悔教夫婿觅封侯"；保尔走到战友墓前，百感交集，大发感慨"一个人不因虚度年华而悔恨，也不因碌碌无为而羞愧"。宋太祖精明一世，糊涂一时，"悔不该斩错了郑贤弟"，连阿Q都知道。《大话西游》里有一段关于悔恨的经典台词也很动人：曾经有一份真诚的爱情放在我面前，我没有珍惜，等我失去的时候才后悔莫及，人世间最痛苦的事莫过于此。

五台山的云居大师归纳了十个后悔：一是逢师不学去后悔；二是遇贤不交别后悔；三是事亲不孝丧后悔；四是对主不忠退后悔；五是见义不为过后悔；六是见危不救陷后悔；七是有财不施败后悔；八是爱国不贞亡后悔；九是因果不信报后悔；十是佛道不修死后悔（《日日禅》）。除了九、十两条具有浓郁的佛教色彩外，其他几条都总结得很到位，也颇有现实意义。

中外有别，比利时《老人》杂志曾在全国范围内，对60岁以上的老人开展了一次题为"你最后悔什么"的专题调查活动。调查结果很有意思：72%的老人后悔年轻时努力不够，以致事业无成；67%的老人后悔年轻时错误地选择了职业；63%的老人后悔对子女教育不够或方法不当；58%的老人后悔锻炼身体不足；56%的老人后悔对伴侣不够忠诚；47%的老人后悔对双亲尽孝不够；41%的老人后悔选错了终身伴侣；36%的老人后悔自己未能周游世界；32%的老人后悔自己一生过于平常，缺乏刺激；11%的老人后悔没有赚到更多的金钱。

相比较而言，"老外"的后悔更浪漫一点，更自我一点，外边的事不怎么管，中国人的后悔则更现实一些，也更关注外在世界，家国天下无不关心，边也是中国传统文化的重要特点。

在所有的后悔中，男女情感的后悔最折磨人，多少年都无法释怀，念念不忘。特别是由于自己的过错而失去一段刻骨铭心的爱情，每每想起，心如刀绞。没有得到的东西最珍贵，这在心理学上就叫蔡戈尼效应。

因虚度年华而引起后悔最令人痛心，因为时光不能倒流，无法补救。如果一个人行将就木时回首一生，碌碌无为，一事无成，这辈子算是白活了。"少壮不努力，老大徒伤悲"，就是这种后悔的最经典刻画。

"事亲不孝丧后悔"，最受良心谴责。父母给我们生命，恩重如山，却有不孝子孙忘恩负义，虐待父母，天理不容，也有人平时忙别的事，虽有孝心，却少行动，等到双亲故去，这才良心发现，可是为时已晚，怎一个悔字了得！

但世界上没有卖后悔药的，所以就有了这样一些成语：后悔莫及，悔恨交加，悔不当初，可这又有什么用呢？除了能给自己留点伤痛，给后人留点教训。聪慧、睿智的人，不是没有后悔，而是后悔的概率要小一些，在重大事情上慎重从事因而不留后悔，所以，关键是办事情处理问题时，要三思而行，尽量考虑周全，诚如明人吕坤在《呻吟语》中所言："悔前莫如慎始，悔后莫如改图，徒悔无益也。"

人只要有选择、决定和承诺，就会有后悔的可能，后悔在所难免。可如果一旦大错铸成，无可挽回，那就不要陷到悔恨中不可自拔，即便是"把肠子都悔青了"也于事无补。重要的是总结教训，"吃一堑，长一智"，像马克思说的"后悔过去，不如奋斗将来"。

　　后悔，是始终游荡在我们身边的幽灵，时不时就会出来骚扰，不可能把它赶尽杀绝，但却可以把它控制在不常捣乱、不捣大乱的地步。这样，也许有一天，你就能换来八个珍贵大字：青春无悔，人生无悔！

俄罗斯套娃的启示

　　世界著名的奥吉瓦尼广告公司每新进一位高层管理人员，公司创始人大卫·奥吉瓦尼都要赠送一套俄罗斯套娃。这套组娃由五个由大到小的木娃娃套在一起，旋开外边最大的，里边还套着一个小一号的；再打开，又是一个更小的；及至第五个，里边放着奥吉瓦尼写的一张纸条："倘若我们每个人所重用的人都比我们矮，我们的公司就会变成小矮人公司；倘若每个人所重用的人都比我们高，我们公司就会成为巨人公司。"

　　办公司如此，其实要干成干好任何一件需要多人合作的事业，同样需要重用比自己高的人。古往今来，高明睿智的领导者，无不深谙此理。汉高祖刘邦能重用比他会打仗的韩信，比他善筹划的张良，比他精通后勤供应的萧何，结果成就了大汉的百年江山。三国时的刘备才不高、识不广，可他能重用比自己高的人才，文有卧龙凤雏，武有五虎上将，而从一个贩履织席的小贩成为威震一方的昭烈皇帝。蔡元培先生本身就是著名教育家，出任北大校长后，用的人比自己更高，陈独秀、李大钊、胡适、鲁迅、梁漱溟等，皆是国内一流人才、大师级人物，从而使北大一时间成为全国的思想文化中心。

反之，武大郎开店，嫉贤妒能，不肯用比自己高的人，结局大都不好。项羽"力拔山兮气盖世"，可他用的人没有一个比自己高的，足智多谋的范增还被他撵走，结果落得四面楚歌、众叛亲离、自刎乌江的下场。蒋介石当年兵不可谓不多，将不可谓不广，后台不可谓不硬，却最终失败，与人民为敌固然是根本原因，但用人不当，只用奴才、不用人才，也是其失败的重要原因。比如像刘峙这样屡战屡败的人物，却得到蒋介石的重用，宋美龄劝他："外边闲话很多，刘峙恐不能再指挥作战吧？"蒋介石却不以为然地说："刘打仗是不行，可你说将领中还有谁比刘更听话？"就是这样的用人观，注定蒋介石最后要败逃台湾。

事业成败的关键在于用人，而用人又取决于管理者和领导人的眼光和胸怀。要善于和敢于用比自己高的人，就必须去掉私心，不要害怕高人会取代自己；去掉虚荣心，不要计较高人因为比自己强，会让自己没面子；去掉嫉妒心，诚心诚意委高人以重任，敬佩其才干，乐见其成就。惟有如此，才能人才荟萃，各显身手，政通人和，事业兴旺。

数钱 "治病" 也能 "致病"

　　重庆南岸南坪正街 79 号 55 岁的王胜霞遭遇车祸。住院 3 年多，命保住了，却落得了脑外伤癫痫和瘫痪，智力相当于五六岁小孩，说话吐词不清，手指像木棍。没想到，后来她突然迷上数钱，有事无事就把钱摸出来数，一天数几十次，多的上百次。而且，还 "数" 出了奇迹——说话清楚了、手指也灵活起来。

　　数钱治病确实创造了医学奇迹，如果医院能对这一病例认真总结，找出规律，说不定将来还真会推出一个数钱疗法，在一遍又一遍的数钱声中，使病人恢复健康，这可是那些脑瘫智障病人的福音啊！当然，数钱能治疗的病还有很多。唐朝贤臣张说的《钱本草》里早就说过："钱，味甘，大热，有毒。偏能驻颜采泽流润，善疗饥寒、解困厄之患，立验。"

　　数钱能治抑郁症。美国有个印地安酋长，在银行里存了一大笔钱，每当他心情抑郁烦躁不安时，就到银行把钱全部取出来，在柜台上数一遍，然后再重新存进去，就马上变得容光焕发，心满意足地扬长而去。

数钱能治焦虑症。旧时的土财主，急于发财，焦虑不安，就经常在深更半夜关门闭户，老夫妻把钱匣子拿出来，一遍一遍地数来数去，若发现钱明显增多，就获得极大满足，焦虑症顿时缓解。

数钱能治孤单症。莫里哀的名著《吝啬鬼》里，老财迷阿巴公六亲不认，只和钱最亲，怕别人偷他的钱，就把装金币的罐子埋到地下，每当感到孤单寂寞时，就把罐子挖出来数一数钱，心情立刻变好，再换个新地方重新埋下。

不过，人家这都是自己的钱，是受法律保护的私有财产，明里暗里，想怎么数，想数多少遍都行，谁也管不着。而那些贪官污吏，虽然也格外喜欢数钱，却数得胆战心惊，数得疑神疑鬼，没病也会数出病来了。

数钱数出恐惧症。河北原对外贸易经济合作厅副机厅长李某，疯狂聚敛了4723万元巨款，在监狱中交代时说，自己根本不缺钱，但仍然一包一包地往家里提钱，每次到藏钱的房子，把那些现金一摞摞铺在地上，数上一遍，先是"静静地欣赏"，觉得"我满足了，我现在终于有钱了！"然后就是后怕，每数一遍，就在想，贪这些钱该判什么罪，无期，死缓，立即执行？

数钱数出失眠症。云南省易门县建设局某科长，大量侵吞公款，每天晚上临睡前，总要把一天的非法收入，仔细数上几遍才能入睡。如果哪一天没有"外快"，他无法数钱，就迟迟不能入睡，他数钱已数出失眠症，赃钱已成为他的安眠药、催眠剂。。

数钱数出多疑症。还有些贪官贪钱太多，捞钱太猛，数钱也太辛苦，结果是越数越怕，数钱数出多疑症。走路疑心有人跟踪，打电话疑心有人偷听，有人敲门疑心反贪局"来访"，听警车响疑心法警上门，见同事聊天疑心有人举报，终日惶恐不安，如卧针毡。

有人数钱能治病，有人数钱却能数出病来，这事说怪也不怪。如果钱来得光明正大，那是越数越高兴，常在电视上见那些辛苦一年拿到血汗钱的民工，那些卖掉农副产品的农民，数钱是数得心花怒放，数一遍又一遍，真让人为他们高兴。而那些贪污受贿的贪官污吏，那些发不义之财不法奸商，即便数钱，也只能在黑暗角落里偷偷摸摸地数，边数钱还边担心，说不定什么时候就会东窗事发，数钱数到大牢里，数钱数到阿鼻地狱。

如果再来一次大灾荒

看完冯小刚的电影《一九四二》，其中饿殍满野、水深火热的苦难场面，触目惊心，惨不忍睹，让我不由得突发奇想：如果再来一次席卷全国的大灾荒，将会怎样？

这也是我每次走出学校食堂时会不由自主地想到的一个怪问题。食堂门口有两个泔水缸，经常能看到里边有大学生们扔掉的整个馒头、油条，白花花的米饭，刚咬几口的香肠，让人感到心痛。因为我是挨过饿的人，虽然没赶上惊心动魄的"一九四二"，但却没躲过上个世纪的"三年自然灾害"，那期间，我整天饿得头晕眼花，前胸贴后胸，每天想的就是能到哪里找点吃的，还亲眼看到有人饿死。所以，每当我看到有人在暴殄天物，就会在心里叹息：作孽呀！并会立刻想到刚才那个话题。

如果再来一次大灾荒，就是"一九四二"那种规模的，会发生些什么事情呢？

首先，大家都面有菜色，有气无力，营养不良，面黄肌瘦，再无心思议论明星花边新闻，一见面就探讨在哪儿能弄到吃的。

减肥药严重滞销，生产厂家纷纷倒闭，各地胖子自然"减肥"成功，减肥夏令营改弦易辙，到处是骨感美女，排骨帅哥。

因为没有粮食酿酒，大小酒厂纷纷转产，"酒文化"一蹶不振，"酒精考验"型干部销声匿迹，脂肪肝不治而愈，糖尿病、痛风变成了罕见病，酒后驾车现象不禁而止。

国际市场粮价猛涨，并且多数有价无市，虽然我们有钱，可毕竟没有那么多余粮可买。

各地高尔夫球场都纷纷改成农田，以增加粮食产量；城市草坪大都改成自留地，分给各家各户，以聊补无米之炊。

领导干部带头不吃肉蛋，与群众有难同当，共度时艰，干群关系空前密切，人们由衷赞叹：老八路回来了！

贪官则纷纷外逃，因为在国外银行存有大量赃款，早就留好退路，这样也好，让他自我暴露，自我淘汰，也不用纪委去查了。

计划生育部门意外"收获"，轻松超额完成当年任务，因为孕龄妇女自身尚且严重缺乏营养，哪有心思生孩子？因而，无须做工作，出生率就明显下降。

公款大吃大喝被严令禁止且非常见效，官员们得以每天回家吃饭，夫妻关系融洽，"喝坏党风喝坏胃"的民谣踪影皆无。

与吃饱肚子有关的科研项目大批上马，"瓜菜代"卷土重来，《勤俭是咱们的传家宝》再度唱响。

学生们无须进行节约教育，便细心地吃净每一个米粒，把饭碗舔得干干净净，最后还要用开水涮涮喝掉。泔水缸清可见底，能照见人影，就这还时不时有人前来寻觅，看有无"意外发现"。

"瘦肉精"再不会出来作祟，肥肉厚膘大受欢迎，市民买肉无不"挑肥厌瘦"，越肥越好。

食物票证重新使用，定量供应，有钱无证也未必能买到食品……

人无远虑，必有近忧。我们希望"一九四二"级的大灾荒悲剧永远不再重演，但水火无情，祸福不定，谁敢说就能年年吉星高照，岁岁风调雨顺？

当我在课堂上充满深情、忧心忡忡地宣讲这篇杂文的内容时，学生们却大多无动于衷，非常平静，他们或面面相觑，或窃窃私语：这老师有病？

说不尽的"文人相×"

　　三国时曹丕曾言"文人相轻,自古亦然",文人相轻,的确是旧时文人陋习。有不少文人,无论是文章大家,还是无名之辈,都觉得文章是自己的好,字字珠玑,篇篇锦绣,别人的文章不是"臭狗屎",也是"白开水"。举两个典型,唐代诗人 薛能,诗写得很一般,却颇为自负且目中无人,曾骂同时人的诗作是"四方联络尽蛙声"。清代学者王西庄,学术上小有成就,因而狂妄之极,不仅看不起同辈学人,而且轻薄前贤,把前辈大学者一路骂下来。骂汉代刘向是"俗儒",晋代杜预是"微末小儒",唐代李延寿"学识浅陋",宋代蔡沈"茫无定见",明代焦竑、王应麟为才短位卑"……这种事情太多,举不胜举,不说也罢。

　　其实,文人相轻只是事情的一个方面,文人还有相亲、相知、相敬、相补、相助的一面,其中也有不少动人故事。

　　文人相亲。李白、杜甫就是文人相亲的千秋楷模,一称诗仙,一称诗圣,一是浪漫主义,一是现实主义,本来是两股道上跑的车,却能亲如兄弟,互相推崇,实在难得。都说是一山难容二虎,可李杜却能做诗双峰对峙，为人并驾齐驱，所以传为千古美谈，至今仍为人津津乐道。

文人相知。德国文学家歌德与席勒心心相印，息息相通，一生相知。在歌德眼里，席勒"身上一切都是高傲庄严的，每次我见到他，都觉得他的学识和判断力已前进一步。"而在席勒看来，"我们两人观念中有一种意想不到的一致，每个人都能补充另一个人的缺陷。"于是，他们合写《警句》，抨击社会上的市侩习气，开展创作叙事歌谣的友好竞赛，都深受读者欢迎。1794年至1805年，是他们合作最密切的十年，也是创作最丰收的十年。

文人相敬。在一次纪念会议上，郭沫若说：鲁迅把自己当人民的牛，我就是牛尾巴。茅盾接着说：如果你是牛尾巴，我就是尾巴上的毛。其实，鲁郭茅巴老曹，个个都是文坛泰山北斗，还能这样互敬互重，实在让人感动。巴金与冰心的友谊也被传为佳话，他们互敬互重，相知相通，冰心给巴金祝寿说"有你在，灯亮着"，巴金则称赞冰心说"你是女性之光，民族骄傲"。

文人相补。文人多孤芳自赏，个人奋斗，但也有不少互补共进的。在法国文坛，作家福楼拜与剧作家布耶，就是这样的一对互补性文人。福楼拜的每一篇小说，都先征求布耶的意见，布耶也不客气，既有热情肯定，也有尖锐批评，有时居然能使福楼拜推倒重写；而布耶的每一部新剧，福楼拜都是第一读者，第一观众，给他提出了许多建设性宝贵意见。在互相切磋共同琢磨的氛围中，两个人都走向了自己事业的高峰。

文人相助。马克思与恩格斯，两大思想家，也是两大文人，不仅在思想上互相声援，精神上互相激励，而且在经济上也互相帮助，如果没有恩格斯长达数年的无私援助，没有任何经济来源的马克思无论如何是坚持不下来的。上世纪30年代，鲁迅热情提携帮助萧红、萧军，使两个不见经传的文学青年，一跃而成为知名作家，谱写了一曲大文豪帮助小文人的动人故事。

如今，社会进步，文化昌明，盛世空前，正是文人一显身手的大好时机。各路文人们也应该博大其胸怀，放开其眼界，宽容同行，放弃偏见，改掉文人相轻、同行相妒的老毛病，换成文人相亲、文人相知、文人相敬、文人相补、文人相助的时代新风，大家携手并进，群策群力，共创文化繁荣局面。

不一定，真不一定

有学问不一定有思想。中国最多的是学问家，不是"我注六经"，便是"六经注我"；最少的是思想家，"人类一思考，上帝就发笑"。还是蒙田说得好："即使我们可以凭借别人的知识成为学者，但要成为思想家，却只能靠我们的智慧。"

有文凭不一定有知识。那些用权用钱用关系换来的"水博士"、冒牌硕士，别看趾高气扬，其实不学无术，可能一个中学生的知识都比他多。

有名气不一定有本事。刻意炒起来的名气，人为制造的名气，多半徒有虚名，银样蜡枪头空好看，绣花枕头一肚子草。

有职称不一定有水平。国学大师季羡林戏曰："讲师满街走，教授多如狗"，职称一多即滥，处处南郭先生，哪还有水平可言？

有朋友不一定有友谊。那些酒肉朋友、利益朋友，交得再多也不会有一丁点友谊，将来最先往你肋上插刀的说不定就是他们。

有力量不一定有勇气。五大三粗力能扛鼎的精壮汉子，不一定敢顶风破浪；反倒是手无缚鸡之力的弱女子，偏敢抗鬼魅，能舍生死，巾帼不让须眉，如秋瑾、赵一曼、江姐，刘胡兰。

有婚姻不一定有爱情。形形色色的金钱婚姻、政治婚姻、利益婚姻、权势婚姻，不论凑合多少年，也不会有一点爱情。

有金钱不一定有幸福。金钱可带来幸福，也可带来烦恼。常见一些有钱人，生前受人觊觎，被人算计，终日担惊受怕；死后留下遗产大战，亲人反目，骨肉相残，可悲可叹。

有工作不一定有事业。如果把工作当成混饭吃的工具，把上班当成无奈的差使，无论挣钱再多，职位再高，也不会有事业。

有美食不一定有健康。天天在大酒店吃遍山珍海味的，往往是"三高"（高血压、高血脂、高血糖）典型，是医院的常客。

有豪宅不一定有欢乐。杜工部的"广厦千万间"，能"大庇天下寒士俱欢颜"；可现代豪宅，却多与冷清、寂寞、难熬、死静等词语相伴，远不及农家小院欢歌笑语，生气盎然。

有风雨不一定有彩虹。"不经风雨，怎见彩虹"，可是，风雨易碰，彩虹难觅，十次风雨不一定有一次彩虹，越盼彩虹就越要有平常心。

有耕耘不一定有收获。"一分耕耘一分收获"，倘不是欺人之谈，也是夸张之语；冷观世间，有十分耕耘一分收获者，有耕耘而无收获者，比比皆是。

有地位不一定有自由。身居高位的人，功成名就的人，心有羁绊，身有重负，不得不谨言慎行，遵守清规戒律；反不如山野百姓，自由自在，无拘无束，天马行空，率意而为。

必做的和不必做的准备

人生在世，不如意事常有八九，那些不顺心事，倒霉事，常会不期而来至，挡都挡不住，且一来就是一串；而那些好事，美事，幸运事，常让人望穿秋水，请都请不来，偶尔光顾，也是转瞬即逝。所以，要活得从容不迫，须对那些不如意事出有因有足够的思想准备，做到有备无患；而对那些升官发财名利双收的好事，就不必瞎费心思，想也多是白想。

做突然变穷的准备，不必做一朝暴富的准备。一次事故，一场大病，都可能让人变得一贫如洗，不可不防；而一朝暴富的事，如果万一碰上不必客气就是了，只须提醒一句：富贵不能淫。

做事倍功半的准备，不必做事半功倍的准备。

做祸从天降的准备，不必做天上掉馅饼的准备。"人在屋中坐，祸从天上来"的事，时有耳闻；天上掉馅饼正好砸在脑袋上，百年难遇。

做祸不单行的准备，不必做福喜双至的准备。

做名落孙山的准备，不必做金榜高中的准备。一旦落第，父母失望，他人白眼，复读没钱，打工不甘，想想都叫人头疼；侥幸高中，春风得意，也不过"一日看尽长安花"罢了。

做不断失败的准备，不必做在获成功的准备。

做失窃破财的准备，不必做捡一大钱包的准备。小偷猖獗，明目张胆，稍不留神就被他得手；而捡一大钱包则是"小概率"事件，即便看到地上有一个钱包，也多半是人下的圈套，正等你上钩。

做处处碰壁的准备，不必做一路顺风的准备。

做一辈子默默无闻的准备，不必做一下子名震中外的准备。"十年寒窗无人问，一举成名天下知"，从来都是穷儒生们的痴心妄想。当然，易中天、于丹是个例外，可享受掌声鲜花还需要有人教吗？

做考不及格的准备，不必做满分的准备。

做劳燕分飞的准备，不必做百年好合的准备。如今，离婚率扶摇直上，一点小事就可能走上法庭，谁敢保证自己的婚姻就是"海枯石烂"？

做上当受骗的准备，不必做童叟无欺的准备。

做子女成虫的准备，不必做子女成龙的准备。普天下父母，无不望子成龙，望女成凤，然而，多不如意。其实成虫也不可怕，可当春蚕，当蚯蚓，当七星瓢虫，只要别当寄生虫。

做夜半独行遇到劫匪色魔的准备，不必做碰到宋江，柳下惠的准备。

做生病的准备，不必做永远健康的准备。人无千日好，花无百日红。

做朋友分道扬镳的准备，不必做友谊万古长青的准备。

做套牢，割肉，斩仓的准备，不必做牛市，井喷，飘红的准备。股民十做九赔，骑虎难下，就因为老是做牛市，井喷的美梦，而没有套牢，割肉的思想准备。

做天有不测风云的准备，不必做娇妻美妾成群的准备。瞻望未来，男多女少，比例失调，光棍的"头衔"说不定就会落在你我头上，谁指望"天上掉下个林妹妹"，就做你的大头梦吧！

好事不必做准备，来了就来了，最多是个喜出望外，享用谁还不会；可对坏事若无思想准备，一旦突如其来，就会打个措手不及，天塌地陷。当然，那些不好的准备，也可能是虚惊一场，没变成现实，那自然更好。因而，还是两句老话：向最坏处准备，向最好处争取。再外加一幅名联："发上等愿，结中等缘，享下等福；择高处立，就平处坐，向宽处行。"

第二辑　岁月打捞

帝王的"快意"

宋神宗时，一次因陕西用兵失利，神宗震怒，批示将一名转运使斩了。宰相蔡确发表异见："臣以为杀他不妥。"神宗说："为何？"蔡确说："祖宗以来，未尝杀士人，臣等不欲自陛下开始破例。"神宗沉吟半晌，说："那就刺面配远恶处吧。"副宰相章惇说："如此，不若杀之。"神宗问："何故？"章惇说："士可杀，不可辱！"神宗声色俱厉说："快意事更做不得一件！"章惇毫不客气地回敬了一句："如此快意事，不做得也好！"

快意，即恣意所欲，怎么高兴就怎么来，想咋干就咋干。宋朝虽也是家天下，但以宰相为首的文官集团还是有一定的制衡力，因而，有宋一朝，无论君主贤明昏庸，都无法由着性子"做快意事"。皇帝一旦有滥权、专断之举，立即会受到文官集团的抗议与抵制。即使强势如宋神宗，也只能无奈感叹："快意事更做不得一件！"

反之，倘若帝王一手遮天，可以为所欲为，快意恩仇，又无人监督制衡，那就很可怕也很危险，遭殃的既有士人朝臣、天下百姓，更有社稷江山。

秦始皇不待见读书人，就要焚书坑儒。他倒是痛快了，一声令下，四百六十多个儒生丢了性命，可从此"暴秦"的臭名就天下皆知了，陈胜、吴广揭竿而起的主要理由就是"天下苦秦久矣"。设若当时有宰相、副宰相出来劝说一下，不让他做这样的"快意事"，他又能从谏如流，情况可能就是另外一种样子了，无论如何不至于"二世而亡"吧。

汉武帝刚愎自用，没人敢发表不同意见。李陵兵败被俘，司马迁出来说了几句公道话，汉武帝一"快意"，就割掉了司马迁的男根，害得他痛不欲生，"每念斯耻，汗未尝不发背沾衣也！"到了晚年，为满足"快意"，汉武帝穷兵黩武，打了不少完全没必要的仗，造成国库空虚，民不聊生；为满足"快意"，他听信谗言，造成了巫蛊之祸，连亲儿子都搭进去了。

慈禧太后不是皇帝，胜似皇帝，其专横暴虐也屡屡祸国殃民。她过六十大寿，正是甲午大战激烈时，前线吃紧，有大臣提议把祝寿银子拿一部分支援前线。老太婆发狠话说："谁让我一时不痛快，我就让他一辈子不痛快！"她倒是"快意"了，大戏唱了三天三夜，银子花得像水淌一样，前方的仗也打得一败涂地。章太炎曾作对联讽刺曰："今日到南苑，明日到北海，何日再到古长安？叹黎民膏血全枯，只为一人歌有庆。五十割琉球，六十割台湾，而今又割东三省！痛赤县邦圻益蹙，每逢万寿祝疆无。"

这样的事在中国历史上可谓举不胜举。殷纣王出于"快意"，把劝谏的大臣比干开膛破腹；周幽王为了"快意"，烽火台戏诸侯以求美人一笑；楚平王贪图"快意"，纳儿媳为老婆；明成祖遂了"快意"，杀了方孝孺一家十族九百多人……

现代民主制度的重要成果之一，就是把权力关进笼子，限制了掌权者的"快意"，谁也不能想干什么就干什么，怎么痛快就怎么来，要不然，你就得为此付出代价。尼克松在窃听上"快意"了，酿成臭名昭著的"水门事件"，被迫辞去总统职务。克林顿和莱温斯基在性关系上"快意"了，结果是名誉扫地，险遭弹劾。这么说吧，一个领导人，如可以不受制约地"快意"，那会十分危险；如"快意事"很不容易做成，那就是安全而正常的。此即《汉书·鲍宣传》所说之理："治天下者，当用天下之心为心，不得自专快意而已也！"

康对山的襟怀

明代文学家、戏曲作家康海，号对山，为明代"前七子"之一，有《对山集》等传世。论文学成就及影响，略逊于领军人物李梦阳；但其襟怀度量及光明磊落，却又远在李梦阳之上，所谓真君子是也。

其时，李梦阳遭权倾一时的大太监刘瑾陷害入狱，有生命之忧，不得已写信给康海，求"对山救我"。康海与刘瑾为同乡，康以状元及第，名振当朝，刘瑾为收人望，曾欲以高官诱其入伙，但康海不肯趋炎附势，坚拒不从，甚至刘瑾专程来拜，都闭门不见。康海在《与彭济物》书中回忆说："瑾之用事也，盖尝数以崇秩诱我矣，当是时，持数千金寿瑾者不能得一级，而彼自区区于我，我固能谈笑而却之。"

本来，康海与李梦阳交情不深，两人又自视甚高，平素互不服气，康海完全可以袖手旁观；而且，为此事去求刘瑾，很有可能会被人误会是投靠刘瑾。可是，为救李梦阳，他毅然"牺牲"名节，冒着名誉受损的危险主动去拜谒刘瑾。刘瑾听说康海登门求见，高兴万分，急忙跑出去迎接，下榻时十分匆忙，连鞋也没有穿正，倒足汲着鞋跑出门迎接，并将康海奉为上宾。康海在刘瑾面前，多方为李梦阳辩解，刘瑾一心想拉拢康海，虽心有不甘，但还是看在康海面上，第二天便释放了李梦阳。

不久，刘瑾倒台被处死。清算刘党时，康海果然被人误会，因其为李梦阳求情与刘瑾有过来往，获"党附刘瑾"的罪名，并因此削职为民。对康海来说，官当不当不打紧，关键是读书人最看重的名节受到玷污，让他痛不欲生。个中内幕，康海自己不好出来辩解，大多数人也不了解内情，而最清楚其中原委的李梦阳本该站出来仗义执言，可不知是太忙，还是忘了这件事，抑或不愿让公众知道自己出狱的真正原因，居然也装聋作哑，不置一词，听任康海受冤。常言说"滴水之恩，须当涌泉相报"，何况这还是救命之恩，李梦阳却有恩不报，超然置身事外，无论如何，这都是他一生中的一个不小的污点。

而蒙受不白之冤的康海，虽然内心非常痛苦，"士之所哀，莫甚于名丧节靡，而身死不与也"，（《答沈崇实》）却既没有到处喊冤叫屈，哭天抹泪，也没有四下指责李梦阳忘恩负义，而是默默忍受着人们的冷嘲热讽，把全部精力投入到文学创作中去，因为他相信清者自清，浊者自浊，是非曲直自有水落石出之日。果然，随着时间的推移，事情真相逐渐为世人所知，他的光明磊落，他的襟怀坦荡，他的宠辱不惊，愈发为人所敬重，被视为士林楷模。同时人张治道的《翰林院修撰康公海行状》、崔铣的《空同李公墓志铭》、马理的《对山先生墓志铭》等，均详细记载了康海救梦阳出狱始末，还了他一个清白，并盛赞康海的高风亮节，称誉他为一代完人。

"海内存知己，天涯若比邻"，古往今来，朋友之间相助相救并不稀罕，有的舍性命，为朋友两肋插刀；有的耗巨资，为朋友毁家纾难。鲍叔牙救管仲，王安石救苏东坡，大刀王五救谭嗣同，张静江营救于右任，宋庆龄营救陈赓，鲁迅营救柔石等等，可谓举不胜举，他们惺惺相惜，肝胆相照，荣辱与共，都很感人。

而像康海这样为救朋友不惜"牺牲"名节者也很难得，尤其是他为救朋友受冤屈被误会而不自辨，亦无怨言，坦然自若，则更是难上加难。读史至此，不禁浮想联翩，感慨万千，由康海之高尚品德，豁达胸怀，我不由想起范仲淹在《严先生祠堂记》中的一句名言："云山苍苍，江水泱泱，先生之风，山高水长"。

鲁迅心中最痛

鲁迅一生纵横文坛，嬉笑怒骂皆成文章，以笔为剑，将无数论敌打于马下，可谓所向无敌。但他也吃过一回大亏，就是陈源诬陷他剽窃一案，几乎让他窝囊了半辈子，这也是他心中的最痛。

事情是这样的。北京大学英语系教授陈源（即陈西滢），是"现代评论派"的代表人物，因在《现代评论》杂志开设"闲话"栏目而闻名。1926 年 1 月，陈源在《现代评论》上，发表了一篇题为《剽窃与抄袭》的文章。其中说道："我们中国的评论家有时实在太宏博了。他们俯伏了身躯，张大了眼睛，在地面上寻找窃贼，以致整大本的剽窃，他们倒往往视而不见。要举个例吗？还是不说吧，我实在不敢开罪'思想界的权威'"。虽然，大家都知道"思想界的权威"暗指鲁迅，但因为陈源没有点出其名，鲁迅也未作回应。

含沙射影却不见人接招，陈源自觉没趣，十天后，他又写了《致志摩》一文，于 1 月 30 日在《晨报副刊》上发表。文章写道："他常常挖苦别人家抄袭。有一个学生抄了沫若的几句诗，他老先生骂得刻骨镂心的痛快。可是他自己的《中国小说史略》却就是根据日本人盐谷温的《支那文学概论讲话》里面的'小说'一部分。其实拿人家的著述做你自己的蓝本，本可以原谅，只要你书中有那样的声明。可是鲁迅先生就没有那样的声明。"

直接点名道姓，赤裸裸打上门来了，鲁迅就不能不反驳了。他在《不是信》中说："盐谷氏的书，确是我的参考书之一，我的《小说史略》二十八篇的第二篇，是根据它的，还有论《红楼梦》的几点和一张'贾氏系图'，也是根据它的，但不过是大意，次序和意见就很不同。"事实是，盐谷温的书约 36000 字，其中小说部分只有 5000 字，而鲁迅的《中国小说史略》约 12 万字，从 5000 字中"剽窃"出 12 万字来，显然有违常识。所以，陈源本来指责鲁迅"整大本的剽窃"，过后自己也觉得有些信口开河，就又改称是取其一部分作为"蓝本"。

稍有常识的人都知道，文章互相借鉴和参考是很正常的事，观点相同，思路巧合，也在所难免。中国几千年来，浩如烟海的文章著作，无非都是在干着"我注六经"的重复劳动，历届科举题目更是围绕着四书五经打转转，有几人敢说自己完全是"独创性"的文字？可惜当时鲁迅得罪人太多，许多人明知此乃"冤假错案"，也装聋作哑，乐得看鲁迅笑话。鲁迅也觉得这事有点越辩越黑的味道，毕竟绝大多数人都没看过鲁迅的《中国小说史略》，更没有几个人看过当时尚未翻译成中文的盐谷温的《支那文学概论讲话》。本来，依鲁迅痛打落水狗的脾气，这事不会就这么轻易放过的，可他却一反常态地隐忍了下来。被人公开污蔑清白，又不能进行有力反击，最后形成公说公有理，婆说婆有理的尴尬局面，鲁迅心里痛啊。当时又没有关于诬陷名誉罪的条文，连官司都没办法打，即便官司打赢了，你的恶名也早就出去了，虽赢犹输。

在这件事情上，胡适表现了一个正直学者的良知。鲁迅平时虽对他颇有不恭之语，但他还是不计前嫌，站出来说了公道话。在公开发表的一封信中，胡适写道："鲁迅自有他的长处，如他的早年文学作品，如他的小说史研究，皆是上等工作。通伯先生（即陈源）当日误信一个小人张凤举之言，说鲁迅小说史是抄袭盐谷温的，就使鲁迅终身不忘此仇恨！现今盐谷温的文学史已由孙俍工译出了。其书是未见我和鲁迅之小说研究以前的作品，其考据部分浅陋可笑。说鲁迅抄盐谷温，真是万分的冤枉。盐谷一案，我们应该为鲁迅洗刷明白。"

机会终于来了，鲁迅为此苦苦等了十年。1935年，日译《中国小说史略》出版，鲁迅在《且介亭杂文二集·后记》中再次反驳陈源："现在盐谷教授的书早有中译，我的也有了日译，两国的读者，有目共见，有谁指出我的'剽窃'来呢？呜呼，'男盗女娼'，是人间大可耻事，我负了十年'剽窃'的恶名，现在总算可以卸下，并且将'谎狗'的旗子，回敬自称'正人君子'的陈源教授，倘他无法洗刷，就只好插着生活，一直带进坟墓里去了。"鲁迅的话的确有些狠，但想想他为此背了十年的黑锅，说几句狠话来回敬诬人清白的"文坛恶少"，还算是客气的了。

漫议"文死谏"

"文死谏"，是旧时文官的最高价值体现，即敢于冒死对皇帝阐述自己的不同政见和观点，并因此而丢了性命。"文死谏"，彼时是为官场的美德佳话，今日看来，实在是有些愚不可及。

因为给皇帝提点建议和意见，就被他砍了脑袋，这皇帝确实够狠、够混蛋；可你早就知道他就是这个德行，干嘛还豁出性命去跟他废话呢，反过来说，你是不是也有点"二"呢？就像比干先生，白送了一条性命，也没挡住殷纣王照样胡作非为，自取灭亡。

一个不愿听取不同意见的帝王，你还和他白费口舌，据理力争，那就有点傻。你觉得自己是忠心耿耿，可昭日月，可他觉得你是没事找事，坏他兴致，他不收拾你收拾谁？譬如司马迁老师，汉武帝决心要严办李陵，诛灭三族，你却不知眉高眼低，要为李陵辩护，结果身受宫刑，生不如死。

一个糊涂颟顸只知吃喝玩乐的君主，你劝他远离酒色，不要玩物丧志，那就绝了他的生活乐趣，你和他讲尧舜之术，治国之道，更是对牛弹琴，他既听不进去，也不会照着去干，那就没必要为他白费唾沫。屈原大夫一厢情愿地给楚怀王提了那么多合理化建议，却被他一脚踢出朝廷，放逐荒野，最后殉国而亡。

一个刚愎自用自我感觉良好的天子，认为自己比谁都高明，离了我地球都不会转，你却说他也有缺点，有不足，那还不是找死。而且，"文死谏"即便你丢了性命，也很难达到预期目标。鸦片战争期间，军机大臣王鼎主战，然道光帝昏庸无能，一味退让。王鼎愤懑至极，最后上吊自杀，希望通过"尸谏"感动道光帝，然而，道光帝还是涛声依旧，割地赔款。而闹得最邪乎的是嘉靖时的"大议礼"，一百多官员直言进谏，反对嘉靖帝朱厚熜将去世的生父抬升到与先帝同等的地位，结果遭到朱的集体"廷杖"，一个个被打得皮开肉绽，哭爹叫娘，最后还是没挡住皇帝的一意孤行。

孔夫子在这个问题上就是个明白人，《论语·宪问》记载："邦有道，危言危行；邦无道，危行言孙"。子思编著《中庸》一书将其阐述为"国有道其言足以兴，国无道其默足以容。"说的是国家有道，要正言正行，直言不讳；国家无道，还要正直，但说话要小心谨慎，正直的人可以装聋作哑，装疯卖傻，未必就要犯颜直谏，自取其戮。

所以，谏，也要看对象，如果是唐太宗那种肯听意见的贤君，臣子们就不妨做个敢于直谏的魏征；如果是纣王那种顽固到底的昏君，还是做个知难而退的箕子为好。宝贵的生命干嘛拿去殉那不知好歹的天子，死了也没有价值。

这个道理，元朝的丞相拜住也说过。元英宗问拜住："今亦有如唐魏征之敢谏者乎？"拜住回答："盘圆则水圆，盂方则水方。有太宗纳谏之君，则有魏征敢谏之臣。"意思是说，大臣敢不敢进谏，关键在于皇帝愿不愿意纳谏。有了从谏如流、闻过则改的唐太宗，才会有敢于冒犯龙颜的魏征。

即便是现代社会，民主国家，直言相谏不再会有生命危险了，但得罪人、被冷落、受迫害也是常见的。胡风的"三十万言书"，梁漱溟的要求对农民施"仁政"之谏，彭德怀的庐山"万言书"，似乎最终都没有好果子吃。毋庸置疑，如何用制度来保证进谏者不受打击报复，仍是今天民主建设的一个重要课题。

疗妒有方

《红楼梦》第八十四回"王道士胡诌妒妇方"里，贾宝玉到天齐庙里去烧香还愿，问庙中卖膏药的王道士："可有贴女人的妒病方子没有？"王道士说："贴妒的膏药倒没经过，倒有一种汤药或者可医"。这叫做"'疗妒汤'：用极好的秋梨一个，二钱冰糖，一钱陈皮，水三碗，梨熟为度，每日清早吃这么一个梨，吃来吃去就好了。"这当然是胡诌出来的笑话。

嫉妒，古时主要是指女人间、特别是妻妾间的争风吃醋，所以这两个字都带有女字偏旁。嫉妒可不是小事，轻者影响安定团结，重者要出人命，就因为嫉妒，吕后把戚妃都害成"人彘"了，所以，旧时休妻的"七出"就有嫉妒一条。疗妒，就是治疗她们的嫉妒心，使其平和相处，不出乱子。《红楼梦》里的"疗妒汤"，也并非曹雪芹的创意，古已有之，且花样颇多。

南北朝时期有位叫元孝友的官员，给皇帝上了一道别有心裁的奏章，题目就叫"疗妒章"，提议按照官品的大小，决定纳妾数额。一品官娶八个，二品官娶七个，三品、四品官娶五个，五品、六品官则一妻二妾。并且说，要对妻子的嫉妒之情进行批评教育，定期考核。如妻子妒性难移，就要一进行规劝，二经济处罚，三肉体惩处，四强令离婚。这个点子没得到回应，因为皇帝家里也有个"河东狮吼"。

唐太宗的老婆不妒，他受惠不浅，还想惠及臣下，就亲自为大臣妻送上"疗妒酒"。为笼络人心，他要为宰相房玄龄纳妾，房妻死活不肯，百般阻挠。太宗无奈，只得令房妻在喝毒酒和纳小妾之中选择其一。没想到房夫人宁愿一死也不退让，端起那杯"毒酒"一饮而尽。喝完后，才发现喝的是醋。从此人们便把"嫉妒"和"吃醋"融合起来，"吃醋"便成了嫉妒的比喻语。

明代戏剧家吴炳写了一出《疗妒羹》，说是小妾乔小青遭大老婆苗氏所妒，处境艰难，生不如死，后经人救出，又结圆满婚姻，妒妇苗氏也得到应有惩罚。故事共三十二出，当时颇为流传，甚至连朱元璋都看过，并且还照方抓药，亲自做了一道"疗妒羹"。

大将常遇春，是大明开国功臣。此人严重惧内，老婆生不出孩子，还不让他纳妾。朱元璋为了不让老功臣绝后，就送了他两个绝色美女。但慑于老婆的泼悍，常遇春却不敢同房。只是在早上洗漱的时候忍不住赞叹一声美女冰清玉洁的小手，但当他上朝回家后，收到老婆送来的一个盒子，原来老婆已经砍掉了美女的手装在盒子里。朱元璋知道后大怒，就把常遇春的老婆杀了，煮肉熬汤，大开筵席，请大臣和夫人们前来享用。朱元璋说，这道羹，叫做"疗妒羹"，是用常遇春老婆的肉熬成的，让天下的妒妇以此为戒。这也未免太残忍野蛮了，不过也符合朱元璋的好杀性格。

现在，实行一夫一妻制，妻妾相妒已成历史，嫉妒也由本意引申到嫉贤妒能的内容上，不分男女，不分中外，其核心特点就是"笑人无，恨人有"，"既生瑜，何生亮。"英国《大百科辞典》对嫉妒下的定义是

"对他人优越地位和成绩而心中产生的不愉快情感和表现。"培根也说过："嫉妒心是不知休息的。嫉妒是伴随着私心相伴而生，相伴而亡的，只要私心存在一天，嫉妒心理也就要存在一天。"现代医学虽然发达，但迄今为止还没有什么"疗妒"的汤、羹、丸、膏问世，而只要人的地位成绩有高下强弱之分，嫉妒就永远不会告别远去。

如果说这世上真有什么"疗妒"秘方，那无非是教人心胸开阔，与世无争，淡看名利，宠辱不惊。这话说说容易，古往今来能真正能做到的不多。

借刀杀人

借刀杀人是《三十六计》里的一计，套路简单却能收事半功倍之效，不论战场、商场、职场都适用。这手段虽有些不够君子，但你争我斗杀红了眼时，就管不了那许多了，把对手干掉才是硬道理。

《红楼梦》里，凤姐是借刀杀人的高手，得知贾琏偷娶尤二姐后，她恨得直咬牙根却不露声色，巧妙地利用秋桐除掉了自己的情敌尤二姐，又利用贾琏对尤二姐的痛惜，让另一个对手秋桐惨淡出局，借刀杀人加一石二鸟，王熙凤不留痕迹，大获全胜。

借刀杀人最出名的当然还是曹操杀祢衡，而且是"二重奏"。祢衡，汉末辞赋家，少有才辩，性格刚毅傲慢，好侮慢权贵。因拒绝曹操召见，操怀恨在心，但因其有才名，怕杀了影响自己名声，就罚其作鼓吏，祢衡则当众裸身击鼓，反辱曹操。曹操大怒，遣送与荆州牧刘表，想借刘表之手杀之，刘表也不傻，将其转送与江夏太守黄祖。后因其冒犯黄祖，终被杀。

颜真卿，一个死于借刀杀人的英雄。德宗兴元元年（784年），淮西节度使李希烈叛乱，奸相卢杞素与颜真卿有隙，就公报私仇，撺掇唐德宗派颜前往劝谕招安，众人都看出这是卢的借刀杀人计，劝他不要去，颜真卿当然知道卢杞的用心和此行的危险，但这位年迈的老臣还是慨然前行，他只是淡淡地撂出他的理由："君命能违背吗？"果然，他被李希烈缢死。一代名将，没有死于安史之乱的大战中，却死于权奸的陷害，令人扼腕叹息。

明末，明军名将袁崇焕，先败努尔哈赤，令其身负重伤，羞愧愤懑而死。再败皇太极，使其无计可施，闻风丧胆。皇太极为了除掉袁崇焕，绞尽脑汁，定下借刀杀人之计，他深知崇祯帝猜忌心重，难以容人。于是秘密派人用重金贿赂明廷宦官，向崇祯告密，说袁崇焕私通满洲。崇祯果然上当，将袁崇焕下狱问罪，凌迟处死。皇太极借崇祯之刀，除掉心腹之患，从此肆无忌惮，再无对手。

都以为只有国人才擅长借刀杀人，其实老外用起来也得心应手。二战前，希特勒秘密下令，德国情报部门暗中捏造苏军最有指挥才能的将军托哈杰斯基背叛苏联的证据，并以三百万卢布卖给了苏联情报部门，由于证据"确凿"，托哈杰斯基将军等八人很快被处死，并株连了一大批高层指挥官。结果，战争爆发后，苏军竟然面临无人指挥的尴尬局面，一时间兵败如山倒，溃不成军。这也是外国人运用"借刀杀人"最成功的事例之一。

斯大林虽中了希特勒的借刀杀人计，他的老祖先尼古拉一世则是一个玩弄借刀杀人计的老手。尼古拉一世对普希金恨之入骨，早就想置他于死地，因为他参与了与十二月党人秘密组织有联系的文学团体"绿灯社"，创作了许多反对农奴制、讴歌自由的诗歌，但鉴于普希金在国内外的巨大影响，不好直接杀他，就定了一条极其恶毒的计谋。他用卑劣的阴谋手段挑拨法国籍宪兵队长丹特斯褒渎普希金的妻子冈察洛娃，结果导致了普希金和丹特斯的决斗，普希金身负重伤，不治身亡，年仅37

岁。他的早逝令俄国进步文人曾经这样感叹："俄国诗歌的太阳沉落了"。

2004 年，美国有部电影《借刀杀人》，阿汤哥主演，主题还是正义战胜邪恶，但用的是借刀杀人计，影片上映后既叫好又叫座，被评论界誉为"最好的动作惊悚电影"。看来，使用借刀杀人计的也有好人啊。

范仲淹的"三光"

我们知道北宋名臣范仲淹，大多是因了他的那句名言"先天下之忧而忧，后天下之乐而乐"，他可不是只说说就算了，只有漂亮话，不干漂亮事，语言的巨人，行动的矮子。那句名言，既是他立身处世的座右铭，也是他为人处事的道德标杆。他因不畏权势，伸张正义而三被贬谪，被人誉为"三光"的经历，就是他的这句名言的最好解读。

释文莹在熙宁时期所撰《续湘山野录》记："范文正公以言事凡三黜。初为校理，忤章献太后旨，贬悴河中。僚友饯于都门曰：'此行极光。'后为司谏，因郭后废，率谏官、御史伏阁争之不胜，贬睦州。僚友又饯于亭曰：'此行愈光。'后为天章阁，知开封府，撰'百官图'进呈，丞相怒，奏曰：'宰相者，所以器百官，今仲淹尽自抡擢，安用彼相？臣等乞罢。'仁宗怒，落职贬饶州。时亲宾故人又饯于郊曰：'此行尤光。'范笑谓送者曰：'仲淹前后三光矣，此后诸君更送，只乞一上牢可也。'客大笑而散。"

详细情况是这样的。天圣六年，范仲淹由宰相晏殊举荐，进入秘阁任校理，负责皇家典籍的校勘和整理，整天不是与皇帝相随，就是与达官显贵为伍，无形中被推进了险恶的政治斗争漩涡之中。当他得知宋仁宗已是 20 岁的人了，但朝中各种军政要事，却全凭 60 多岁的刘太后把持，自己一点权力也没有。并且还听说太后选定"冬至"这一天要仁宗率满朝文武在千点给她叩头庆寿，便上书力谏刘太后撤帘罢政，还权仁宗。还据理力争说，太后过生日，是皇帝的家事，扯上文武百官跪拜，岂不乱了后世的体统？为此触怒了刘太后，被贬至河中府任通判。京城的大小官员成群结队送他到城外，大家举杯钱别："范君此行，极为光耀啊！"

几年后刘太后去世，宋仁宗把范仲淹召回，任命为"右司谏"，也就是专门评议朝事的言官。然而他屁股还没有坐热，"老毛病"又犯了，和皇帝大吵了一架，原因是宋仁宗有了新欢，在时任宰相吕夷简的挑唆下，想废掉贤惠正直的郭皇后。吕夷简等大臣举双手赞成，猛拍皇帝马屁，还振振有辞：既然平民都可以休妻离婚，庄稼汉多收了几斗粮食还想换老婆，何况一个皇帝？范仲淹却不识时务，引经据典，摆出一堆大道理，坚决反对仁宗废后。仁宗烦得受不了，恼羞成怒，一声令下，把范仲淹贬到睦州。京城官员闻讯，又一次热热闹闹地来送别，大声赞扬："范君此行，愈为光耀！"

"三光"之后，在饶州附近做县令的诗友梅尧臣，寄了一首《灵乌赋》给他，告诫他说，君在朝中屡次直言，都被当作乌鸦不祥的叫声，愿君此后缄默不语，少管闲事，可保平安，可荫妻子。刚直不阿的范仲淹立即回答了一首《灵乌赋》，禀复说，不管人们怎样厌恶乌鸦的哑哑之声，我却"宁鸣而死，不默而生！"

又过数年，范仲淹再次被朝廷起用，任命为待制职衔。可江山好改，本性难移，他没有接受一点教训，还是那样的疾恶如仇，眼里揉不得沙子，和黑恶势力不共戴天。范仲淹看到宰相吕夷简广开后门，滥用私人，朝中腐败不堪，便根据详细调查，绘制了一张"百官图"，在景佑三年呈给仁宗。他指着图中开列的众官调升情况，对宰相用人制度提出尖锐的批评。吕夷简不甘示弱，反讥范仲淹迂腐。范仲淹便连上四章，论斥吕夷简狡诈。吕夷简更诬蔑范仲淹勾结朋党，离间君臣。最后，仁宗还是站在了吕夷简一边，撤了范仲淹的待制职衔，贬为饶州知州。士大夫们轰动了，第三次跑来喝饯行酒，啧啧称赞："范君此行，尤为光耀！"几起几落的范仲淹听罢大笑道："仲淹前后已是三光了，下次如再送我，请备一只整羊，作为祭吧！"

也幸亏有宋一代都能够遵循不因言事杀大臣的祖训，仁宗又是个不是太糊涂太刻薄的皇帝，所以，范仲淹虽三次因言获罪，还都能毫发未伤，反倒获得"三光"美誉，那些与他惺惺相惜'饮宴相送的臣僚也都没受株连。如果想想朱元璋搞文字狱的大开杀戒，想想康熙、雍正、乾隆诛杀知识分子的野蛮残忍，无怪乎当今很多有识之士都把国力、疆域、武备、外交都等而下之的宋朝称为古代历史上最开明的时期。

张居正的死因

　　明代首辅张居正终年五十八岁，依他能享用的生活条件，不算高寿。他的死因，所患何病，《明史》均未记载，但历来存有两说：一是他自己的说法，据他自己去世前不久在给皇帝的书信中说是因为痔疮，多年误治，访得名医割治后却消耗太大："衰老之人，痔根虽去元气大损，脾胃虚弱不能饮食，几于不起"。

　　另一种说法是清流文士王世贞在《嘉靖以来内阁首辅传》中所言，张首辅之死，实死于春药过度。他说，夺了张居正的命的并不是区区痔疮，而是由于他吃多了壮阳药，药性太过燥烈，又服用寒剂下火，因此发病身亡。沈德符在《万历野获编》所载更为有趣：张居正"严冬不能戴貂帽"——天天服食壮阳药自然暖和，只是苦了百官，再冷的天也只能跟着"太师张太岳先生"光着脑袋捱冻。而这些叫做"腽肭脐（海狗肾）"的春药，居然是戚继光所献，除了春药，还有试药的工具，如王世贞便说"（戚）时时购千金姬"送予张居正！

　　这两种说法，均属一面之词，姑妄听之吧。据我常识判断，痔疮确实很折磨人，但"十人九痔"，痔疮致人死地的，还绝少耳闻。而死于春药过度的，则历代都有，皇帝、大臣都不乏其人。平心而论，与当时官员相比，张居正的妻妾成群，平日靠春药支持，并不算稀罕，死于春药过度的，也并非张居正一人。《金瓶梅》里，阳谷县理刑千户西门庆淫欲过度，掏空了身子，最后不得不靠淫具、春药勉力支撑，结果死于非命，西门庆的形象就是当时一些纵欲官员的缩影。然而，张居正还有一个重要身份，他是个政治家、改革家，虽然没有理由要求改革家一定清心寡欲，当道德楷模，但反对派却是一定会抓住他的道德瑕疵大做文章的，他的改革伟业也必然会因为这些污点而遭到诋毁，甚至于千里金堤毁于蚁穴。果然，后来清算他时，这也成了他的重要罪证之一。

当然，张居正的道德瑕疵还不止于此。为了省亲，他不惜花费巨资定做了 32 人抬大轿，精美绝伦，有客厅，有卧室，有厨房，还有金童玉女伺候，极尽奢侈之能事，且一路招摇，收礼无数。平时吃饭，一餐百菜，尚嫌"无下箸处"。还有，张居正利用手中权力，为儿子科场舞弊，三个儿子敬修、嗣修、懋修都在他当政时中进士，而且嗣修为榜眼，懋修为状元。沈德符在《万历野获编》卷十四"关节状元"条则记载："今上庚辰科状元张懋修，为首揆江陵公子。人谓乃父手撰策问，因以进呈。"也就是说，廷试试策为张居正所出，张将策题告诉了儿子，使儿子得了状元的功名。父亲出题儿子考，那还能不出彩。

改革，是利益的重新调整，虽与大局社稷有利，但肯定会得罪人，必然会树敌受侮。如范仲淹、王安石那样的操守高洁的改革家，尚且被人鸡蛋里挑骨头，贬得一无是处；而像张居正这样不拘小节、道德有亏的人，更会被揪住不放，遭到万炮齐轰。因而，一个真正伟大成熟的政治家，当知道孰轻孰重，善于控制欲望，为了实现政治目标，必然会谨言慎行，自律甚严，是绝不会在这些道德问题上被人抓住把柄的，显然，张居正在这方面是不及格的。

概而言之，功高盖世的张居正之所以身后一败涂地，改革成果付诸东流，除了他树敌太多，改革峻急，还有一个原因，就是他的道德形象欠佳，有明显的操守污点，成为政敌攻击的口实，这不仅损害了他的威信，也使他的改革受到严重牵连，以至于最终被彻底否定。

启功与恩师陈垣

在一般民众眼里，启功的名气远远大于他的恩师陈垣。其实陈垣也非寻常人物，是个大教育家、大学者，曾被毛泽东誉为"国宝"。更重要的是，是陈垣造就培养了启功，没有陈垣的提携和指点，就不可能有启功后来的辉煌发达，所以，启功深情地说："恩师陈垣这个'恩'字，不是普通恩惠之'恩'，而是再造我的思想、知识的恩谊之恩！"

启功虽是皇室后裔，如假包换的雍正皇帝第九代孙，但毕竟富不过三代，到他这一代时，早已家道中落，一贫如洗。他 1 岁丧父，10 岁时又失去曾祖父、祖父，家里负债累累，衣食不给。在曾祖父门生的帮助下，他才勉强入校学习，中学没读完就被迫辍学。1933 年，21 岁的启功书画文章都已颇见功力，小有名气。祖父的门生傅增湘拿着启功的作品，找到了辅仁大学的校长陈垣，陈很赏识启功的才华，就帮他找到了在辅仁大学附属中学教国文的职业。家境贫寒的启功，特别珍惜这份来之不易的工作。可是，没干多久，分管附中的一位院长以启功"中学还未毕业就教中学不合制度"为由，将他辞退了。陈垣很关心地对启功说："既然中学教师当不成，也不要灰心，只要努力，今后出路一定会有的。"

启功失去了工作，没有了固定收入，只好以卖字画养家糊口，饱一顿饥一顿的，常常告贷赊账，苦不堪言。1935年，经陈垣再次介绍，启功又站在了辅仁大学美术系的讲坛上，他尽职尽责，教学有方，深受学生爱戴。可是事情真不巧，教了一年多以后，以前辞退他的那位院长又来分管美术系了，借口认为启功"学历不够"，又一次把他辞退了。

启功被"炒鱿鱼"后，痛定思痛，知道自己先天不足，决心苦读苦研，用水平和实力来弥补文凭的短板。卧薪尝胆苦学了两年多后，1938年秋季开学时，古道热肠的陈垣第三次介绍他到辅仁大学任国文系讲师，专门讲授大学的普通国文课。这次，启功才算真正站稳了讲台，一干就是一辈子。

启功不负师望，苦心孤诣，博学精进，一心教书治学，最后成为著名的教育家、国学大师、古典文献学家、书画家、文物鉴定家、诗人。启功的大放异彩，陈垣有点石成金之功。

1971年6月21日，陈垣在京逝世。启功十分悲痛，当即为恩师写一副挽联："依函丈卅九年，信有师生同父子；刊习作二三册，痛余文字誉陶甄。"并为报师恩，呕心沥血伏案3年，创作了上百幅书画作品。在陈垣先生诞生120周年之际，他以在香港义卖所得的163万元人民币设立了以陈垣励耘书屋的"励耘"二字命名的"北京师范大学励耘奖学助学基金"。以慰老师于九泉之下。启功说："老校长教导我的样子，我现在蘸着眼泪也能画出来。"对启功此举，赵朴初先生题诗赞曰："输肝折齿励耕耘，此日逾知师道尊。万翼垂天鸾凤起，千秋不倦诲人心。"

晚年时，启功回顾一生经历，感慨万分地说："我从21岁起得识陈垣先生，直到他去世。受陈先生教导，经历近40年。师生之谊，有逾父子。"这种动人的师生之谊，今天已很难得见，几成广陵绝唱。偶尔提起，颇有"白头宫女说玄宗"的沧桑之感。

钱钟书报恩

在一般人眼里，钱钟书才高八斗，学富五车，在学问上是泰山北斗级人物，令人仰慕，难以企及；但于人情世故上似乎不那么"在行"，甚至有些冷漠孤寂，给人以情感寡淡之感。其实，他也很重情义，智商高情商也高，是个知恩图报之人，只不过不那么喜欢张扬，喜怒不形于色罢了。

上世纪40年代初，钱钟书困居上海孤岛，失业在家，没有生活来源，原有积蓄所剩无几，已经到了快"弹尽粮绝"的时候。恰巧这时黄佐临导演上演了杨绛的四幕喜剧《称心如意》和五幕喜剧《弄假成真》，并及时支付了酬金，才使钱家渡过了难关，这真是雪里送炭啊。时隔多年，众多导演都想执拍电视连续剧《围城》，竞争激烈，谁也没有想到最后女导演黄蜀芹胜出，得到钱钟书的首肯，其中关键原因是，黄蜀芹怀揣老爸黄佐临给钱钟书的一封亲笔信的缘故。钱钟书是个别人为他做了事他一辈子都记着的人，黄佐临40多年前的义助，钱钟书一直念念不忘，多年后终于还报。

1936 年，萧乾担任《大公报》副刊主编，曾编发杨绛一篇作品。等到发稿费时，杨绛已经随钱钟书去英国深造了。这笔发不出的稿费，按惯例应先留存，待作者回国之后再发。可为了对作者负责，萧乾将稿费兑换成外汇，寄往英国。47 年后，萧乾得知钱钟书回到北京，前去拜访，钱躬下身子热情相迎，甚至还喜出望外地对里屋的杨绛说："恩人来了！"夫妇二人你端茶、我倒水，好不殷勤，让萧乾颇有"受宠若惊"之感。以后，每见萧乾，钱钟书夫妇便以"恩人"相称，萧乾莫名其妙，问其所以然，钱钟书说："你还记得 47 年前，曾经给杨绛寄过稿费吗？那时正是我俩在英国最困难的日子，你可是帮了我们一个大忙哪。"萧乾怔怔想了半天，原来是这件事啊，他万万没想到，就这么一件小事，居然被钱钟书夫妇念念不忘长达 47 年。萧乾不禁感动地说"原来如此。我对每个作者都是一视同仁，为他们服务只是我的本分而已呀！"钱钟书却坚持说道："只要是帮助他人的事，分内分外又有何差别？我还是应该感激呀！"

　　钱钟书就读清华时，吴宓是他的老师，对他非常器重，极端呵护。吴宓曾公开对清华教授们说过："当今文史方面的杰出人才，在老一辈中要推陈寅恪先生，在年轻一辈中要推钱钟书，他们都是人中之龙，其余如你我，不过尔尔！"在西南联大教书时，钱钟书年轻气盛，又才华横溢，难免出语伤人，最后不得不辞职走人，而吴宓则四下活动游说，极力挽留钱钟书，未成。一年后，吴宓又多方做工作，力主他重回联大教书。1993 年，吴宓女儿吴学昭出版《吴宓日记》，想请当时已名满天下的钱钟书写序，以扩大影响，钱钟书虽多年来从不为人写序，但在老师吴宓这里破例了。他以信代序，除了高度肯定吴宓的道德文章外，还写道："先师日记中道及不才诸节，读后殊如韩退之之见殷情，'愧生颜变'，无地自容。"深悔自己随众而对老师恭而不尊，以致"弄笔取快，不意使先师伤心如此，罪不可逭，真当焚笔砚矣！"但事已至此，"内疚于心，补过无从，惟有愧悔"。并再次表明，作为一名白头门生，愿列名吴先生弟子行列之中。

"无情未必真豪杰"。报恩，是一种美好情感；报恩，是一种君子之风。外表貌似冷峻的大学者钱钟书，实则是有情有义的心热之人，"滴水之恩，须当涌泉相报"的传统美德，他虽然并不挂在口上，但却是实实在在地做着呢。

靠不住的记性

博闻强记，过目不忘，是许多人引以为傲的资本。但实际上，记性往往是靠不住的，毕竟，人的大脑不是图书馆、计算机，像钱钟书那样能把图书馆的哪一册书放在哪里，哪一项内容在书的哪一页都记得清清楚楚的奇才，少如凤毛麟角。所以，俗话说好记性不如烂笔头。

前几天，和北京一位老作家一起吃饭。他回忆说，十多年前，他给一家大报写了一篇历史随笔，凭着记忆，把两个历史名人的名字记反了，编辑也没发现问题，就见报了。不意，被一位颇有文史造诣的高级干部偶然发现了，他就随意对秘书说了一句，苏秦与张仪的名字颠倒了。没想到，那秘书十分认真，立刻给报社老总打电话说了此事，报社上下立马紧张起来，值班老总写检查，副刊主任扣奖金，责任编辑差一点被辞退。老作家感慨万千，对记性不能太自信，否则不是误己就是误人。

这种教训我也有过。去年年初，我给《杂文报》写一篇稿子《乡音》，凭记忆把贺知章的名诗《回乡偶书》误记到杜工部名下了。文章发表后，有不少读者打电话或写信给编辑部，指出这一错误。报社虽然大事化小，没有深究此事，仅扣编辑奖金了事，但我心里一直很内疚，再也不好意思给这家报纸写稿了。这个事也够我记一辈子了，以后下笔时再遇到拿不准的东西，千万不能偷懒。

太相信自己记性而误事，不光是我等不学无术的升斗小民，就是名扬中外的大师、泰斗也难以免俗。毛泽东，博古通今，记忆超常，但他在给江青写信时，把阮籍在广武古战场的感叹"时无英雄，使竖子成名"写成了"世无英雄，遂使竖子成名"。把"时"写成了"世"，还多了一个"遂"字。这是余秋雨先生发现的，可他自己的笔下也有不少因记忆不准而造成的硬伤。金文明先生在《石破天惊逗秋雨》中指出他《文化苦旅》《山居笔记》两书中的引文差错竟达 27 处之多。毛泽东还在一篇文章中说"孙悟空钻进了牛魔王的肚子里"。而实际上，孙悟空只钻进过铁扇公主的肚子，没到牛魔王的尊肚中溜达过。还是钱钟书把它翻译成英文时发现的，报告给胡乔木。胡几乎翻遍《西游记》也没找到孙悟空钻进牛魔王肚子的证据，于是报告毛泽东做了改正。

毛泽东记错别人，别人也记错毛泽东。《同舟共进》2011 年 11 期登了一篇文章，老记者庄重回忆说，毛泽东当年的《敦促杜聿明投降书》是他起草的，可早在 1966 年，就有个记者陈其五说，这篇文字出自自己笔下，还有人回忆说是粟裕起草的，最后是毛泽东修改定稿的。反正主要当事人已不在了，这篇稿子的著作权到底归谁，现在是扑朔迷离，说不清楚了。研究历史的人都知道，孤证一般都不可取，特别是个人的记忆，往往是靠不住的，除了时间久远而记错，还有可能带有私心或偏见而臆造出来的东西。现在，坊间如牛充栋的回忆录，就不知有多少不靠谱的私货、假货，在有意无意地混淆视听，蒙骗世人，编造着假历史、伪历史。因而，我是不怎么看更不信那些不严肃的回忆录的，因为偏见比无知离真理更远，与其装一脑袋假冒伪劣产品，还不如一张白纸更有益于健康。

文人的背功

文人的背书功夫大小，与他的学问成就成正比，这个结论大体上是不会错的。

早年，章太炎在台湾做记者。一次与同学李书聊天，他自信地说："在我所读的书中，95%的内容都可以背诵出来。"李书不信，认为这是不可能的事，于是把自己读过的经书全搬了出来，想考倒他。不料，章太炎如数家珍，连哪一句出自哪本书的哪一页都丝毫不差，让李书佩服得五体投地。有这样的背功，章太炎后来成为海内外闻名的国学大师，想想也没什么好奇怪的。

1926年的一天下午，开明书店老板章锡琛请作家茅盾等人吃饭。酒至半酣，章锡琛说："听说雁冰兄会背《红楼梦》，来一段怎么样？"茅盾表示同意。于是，作家郑振铎拿过书来点回目，茅盾随点随背，一口气背了半个多小时，竟无一字差错，同席者无不为他惊人的记忆力所折服。看来，茅盾名列"鲁郭茅巴老曹"，并非浪得虚名，且不说作品，单就人家这背功就少人可及，不服不行。

1933 年 9 月，钱钟书在私立光华大学外文系任讲师，兼做国文教员。当时，钱钟书和同事顾献梁同住一个房间。一天，他看见顾正在埋头钻研一本外国文学批评史，于是随便说了句"我以前也读过这本书，不知道现在是否记得其中的内容，你不妨抽出其中一段来考考我"。顾不信钱钟书有如此好的记忆力，于是专门挑出最难念的几段。而钱钟书却面带微笑，从容不迫，十分流利地全部背了出来。钱钟书后来被誉为"文化昆仑"，"民国第一才子"，就与他的过人背功不无关系。

　　大数学家苏步青背数学公式肯定是如数家珍，没想到背古文也是他的强项。他读小学的时候，天天背诵《左传》《唐诗三百首》。到毕业时，这两部书他已能背诵如流。刚进中学，老师不相信他能写出《读〈曹刿论战〉》一文，顺口举出一篇《子产不毁乡校》让他背。他一口气背完，说："整部《左传》，我都可以背下来。"文理相通，互相促进，苏步青的成就又是一例。

　　也有一种观点说，背那么多东西没用，净浪费脑细胞，需要的时候去查一下，不就全有了。这话固然有理，但别忘了，如果没有查阅条件时，肚子里没有装上几十万字的东西，那可就抓瞎了。王勃的《滕王阁序》是即兴发挥，用了那么多典故、名言，他上哪去查啊？文天祥在牢里写成的《正气歌》，广征博引，洋洋洒洒，如果没有平时的积累和记忆，恐怕也是难成其事的。

　　背书还有一种特殊用处。资中筠在《冯友兰先生的"反刍"》一文中讲到一件事：冯友兰晚年失明以后，完全以口授的方式"吐"出其所学，继续完成了《中国哲学史新编》，他自己把这戏称为"反刍"。

　　陈寅恪先生也是如此，他 55 岁时失明，在以后的 24 年里，一直凭着以前熟背的东西在大学里传业授课，著书立说，成就斐然，令人敬仰。

　　还有唐代的鉴真和尚，东渡日本后，在双目失明的情况下，以他惊人的记忆力，努力弘扬佛法，纠正日本佛经中的错漏，传播中国文化，讲授医药知识。

试想，如果万一我们也双目失明，不能再阅读和查询，肚里还能有多少东西可以供我们驱使呢？经验告诉我们，会背的东西才真正是自己的东西。杜工部说"读书破万卷，下笔如有神"，破，一是弄懂，二是熟记。所以，民间也有"熟读唐诗三百首，不会作诗也会偷"的说法，话糙理不糙。

博闻强记的背功从哪里来？靠过目成诵的天赋，这种人少之又少，如同凤毛麟角；再就是靠苦读苦背，"三更灯火五更鸡"，舍此没别的捷径可走。当然，背书不是死记硬背，还要融会贯通，灵活运用，这才是最重要的。

美人计得与失

近看一部电视剧《美人心计》，说的是汉初宫廷里一帮美女的勾心斗角，吕后与戚夫人之斗，窦太后与薄姬娘娘之争，虽没有刀光剑影，血肉横飞，但也惊心动魄，跌宕起伏，煞是好看。

美人计，出自《三十六计》，语曰："养其乱臣以迷之，进美女淫声以惑之。"美人计在我国有悠久历史，四大美人就有两个与计有关。使用美人计，老实话说，不够那么"纯爷们"，常为正人君子所不屑，但却且屡屡奏效，成功的美人计，往往能决定一个国家的命运，失败的美人计，也能改变历史的走向，所以，至今不衰。

最成功的美人计，当属西施乱吴，美艳无比的浣纱女西施，怀着崇高的复仇使命，委身武王夫差，使尽浑身解数，把个吴王迷得昏头昏脑，无心朝政，政务衰弛，众叛亲离。给了世仇越国休养生息的机会，越王勾践卧薪尝胆，十年教训，十年生聚，20 年后终于咸鱼翻身，一举灭吴。

最失败的美人计，则要算是周瑜的小九九。他说动孙权将妹妹孙尚香嫁给刘备，想以此消磨刘备斗志，羁绊刘备不归荆州，在温柔乡里不战而屈人之兵。没想到，诸葛亮棋高一着，早就有所布置，小施妙计，就成功地撤回了刘备一行，还带了新夫人同归。面对周瑜追兵，蜀军高唱："周郎妙计安天下，赔了夫人又折兵。"把周瑜气得吐血，大呼"既生瑜，何生亮？"

貂蝉的美人计也不错，但过于复杂，搞成了如今很时髦的三角恋。貂蝉巧妙周旋于董卓和吕布之间，煽风点火，挑拨离间，最后导致董、吕火拼，这等表现，貂蝉根本不像个初涉情场的雏儿，而像个老谋深算的情场老手。这当然要归功于罗贯中的妙笔生花，小说家言的夸张在所难免。

爱美之心，人皆有之。老外的美人计也不比我们玩得差，最出名的是公元前世纪的埃及艳后克丽奥佩托拉，由于她的美貌和心计，不仅征服了不可一世的罗马统帅凯撒和安东尼，还保全了她的国家长达20年的安全，避免被罗马帝国吞并。出演埃及艳后最成功的好莱坞巨星伊利莎白泰勒，最近仙逝，也把我们心目中的埃及艳后带入了坟墓。

还有希腊神话里的特洛伊大战，十年烽火，死伤无数，也是美人计的结果。婚宴上，在"不和女神"挑唆下，三个女神争"最美丽女神"称号，请特洛伊王子帕里斯裁决，他把金苹果送给美神阿芙罗狄忒，失落的天后赫拉与智慧之神雅典娜发誓要进行报复，于是就弄出一个绝世佳人海伦，终于引诱成功，导致了一场毁国灭种的浩劫。

美人计要想成功，策划者要高明，预案要周全，美人也要有脑子，善表演，懂韬略，配合得好。茅盾小说《子夜》里，有个到上海避难的土财主冯云卿，炒股屡屡失败，就想用亲生女儿去勾引股市大鳄赵伯韬，从他那里套取股市信息。他女儿是漂亮面孔糊涂脑袋，成功地和赵上了床，却忘记了此行目的，结果就胡乱告诉父亲是"做多头"，冯云卿信以为真，投入全部资本，赔个精光，走投无路，上吊自尽。

最蹩脚的美人计。美人计，既然是计，就一定不能动情，一动情就全盘皆输。《色戒》里，美女特工王佳芝好不容易接近了汉奸易先生，没想到，易先生送上一个钻戒，和眼神中闪过的一丝深情，居然让王佳芝有些动情，结果不仅没有除掉目标，反倒把自己的命送掉了。

　　和亲，某种意义上来说也是美人计，但不是阴谋而是"阳谋"。往往是双方获益，实现双赢，昭君出塞，文成公主进藏，都成为历史美谈，但如果没有强大的军事、经济为后盾，和亲的作用微乎其微，或没有任何作用，只有眼睁睁看着金枝玉叶如同羊入虎口。

　　前苏联是个盛产美女的国度，也是个善于使用美人计的国家，克格勃就以美人计成功地完成了许多难以完成的任务。他们还有一绝，想方设法把美女嫁给那些兄弟国家的要人，以此来巩固和笼络那些异国高官，据说很管用的，虽不是计但胜于计谋，关键时刻，媳妇还是会向着娘家人的。秦晋大战时，晋国俘虏了秦国大将孟明视、西乞术、白乙丙，晋襄公母亲文嬴娘家是秦国，就闹着把秦将放了。大将先轸怒曰："武夫力而拘诸原，妇人暂而免诸国。堕军实而长寇仇，亡无日矣。"气得向地上吐唾沫。后来，果然应验不爽。

杀降不祥

杀降，即杀掉投降的俘虏。古人素来认为"杀降不祥"，但也有人不信邪的，照杀不误，毫不手软，后来结局也确实大多都不好。

中国古代历史上杀降规模最大、时间最早的，是秦国大将白起。长平一战，他击败只会纸上谈兵的赵括，俘虏赵国 40 万降兵，怎么处理？放回去，这一仗等于白打了；留着，每天的军粮都供不起。想来想去，杀，一个晚上，活埋了 40 万降兵。赵国几乎家家戴孝，户户哭丧，受此重挫，再也没有缓过气来。

其次就是项羽了。公元前 207 年，项羽的起义军与秦将章邯率领的秦军主力部队在巨鹿展开大战。项羽破釜沉舟，大破秦军，俘虏了 20 万秦国降兵，因担心秦朝降军生变，便把 20 万的降兵活埋了，就留了大将章邯等几人。

再就是唐代的薛仁贵。公元 661 年，他率军赴天山征讨回纥。回纥九姓拥众十余万相拒，并令骁勇骑士数十人前来挑战。薛仁贵临阵发三箭射死三人，其余骑士慑于薛仁贵神威都下马请降。这就是所谓"将军三箭定天山，壮士长歌入汉关。"后来，薛仁贵一不做二不休，坑杀了10万回纥降兵。从此，回纥九姓衰败，不再为边患。

名列第四的是北魏道武帝拓跋珪。公元432年，他率兵攻燕，五万燕军兵败被俘。拓跋珪本想对被俘的五万燕军派发衣粮遣还。中部大人王建劝道："燕国强大，现倾国而来攻打我们，我们侥幸大胜，不如都把这些人活埋掉，燕国就空虚易取了。"拓跋珪就把近五万燕兵全部活埋。

位居第五的是晚清李鸿章。公元1863年，李鸿章率淮军和英国人戈登为头的"常胜军"进攻苏州城时，策反太平军守将，诱降成功，八位太平军守城将领将主帅杀害，大开城门，迎接清军入城。但李鸿章不仅未能如约赏此八降将高官厚禄、保证其部下生命安全，反而设计杀害了这八个降将，并在城内大开杀戒，城内两万多太平军守军在毫无戒备中被诛杀。对李的杀降，戈登愤怒万分，甚至提着洋枪要找李鸿章算账，李鸿章闻讯赶忙躲了起来。虽经各方调整此事作罢，但戈登的"常胜军"却因此解散。

还有飞将军李广，曾经诱骗降羌八百余人，结果把他们全部杀了；明初大将常遇春，多次活埋放下武器的降兵；明朝抗倭名将胡宗宪在诱降了海盗头目徐海等之后又把他们杀了，当然，这与白起、项羽的"赫赫战果"相比，根本就不值得一提，但毕竟也是在杀降。

说到结局，杀降的白起三年后被秦王迫逼自刎，项羽"杀降"6年后，四面楚歌自杀于垓下，拓跋珪"杀降"14年后，被儿子杀死，李广终生难封最后自杀，常遇春年仅40便猝死军营，胡宗宪后半辈子都在牢里度过，李鸿章虽享高寿，但却留下骂名。只有薛仁贵，得享荣华富贵，封妻荫子，还活到了古稀之年。当然，如果客观地评判，这些人的命运与是否杀降并没有必然因果关系，但至少从表面现象上来看，杀降将领的结局欠佳在统计学意义上是支持了"杀降不祥"之说。

1864年，国际红十字会成立，《日内瓦公约》签订，战俘的人权状况开始逐渐得到保证。任何政权都已不敢公开"杀降"，不敢公开为这种行为辩护。此后发生的最大两次"杀降"，一是前苏联在卡廷森林秘密杀害波兰被俘军人2万多人，一是南京大屠杀，日军杀害平民及战俘30万人。前者，俄罗斯政府已公开道歉；后者，日本政府至今还不肯承认，说其"军国主义阴魂"不散，那是一点也不冤枉，当然，我们更要警惕其借尸还魂，复活坐大。

戏迷邓稼先

　　大家都知道邓稼先是两弹一星元勋，是一个严谨细致的科学家，可他还是一个铁杆京剧迷，知道的人就不多了。

　　邓稼先的父亲是著名的美学家和美术史家，曾担任清华大学、北京大学哲学教授。邓老先生是个戏迷，常带邓稼先去看京剧，特别喜欢梅兰芳、马连良、尚小云、程砚秋、荀慧生的戏，耳濡目染，久而久之，邓稼先也成了一个戏迷。

　　邓稼先的夫人许鹿希回忆说："他爱唱戏，爱听戏。我们那时候也经常去剧院看戏，他有时候学京戏，捏着细嗓子学梅兰芳唱，学得挺像，尤其是《苏三起解》唱得非常好。我开始不喜欢京戏，可是稼先对京戏的热爱，也把我带出来了。我听不懂，他就坐旁边一句一句给我说词，后来的京戏在戏园子墙上有词了，我边听，边看墙上的词，就这样，听懂了以后就觉得很有意思了。"

　　邓稼先不仅爱看戏，而且还有个"绝招"，就是等退票。许鹿希说："那时工作之余有好戏都去听。常常到一流的剧院去看一流的京剧、芭蕾舞。那个年月，开始票很贵的时候，看的人少，票没有问题，想看去买票就是了。后来票比较便宜了，看戏的人多了，戏票就不好买了。邓稼先就到剧场的门前去等退票。邓稼先等退票本事大极了，可有水平了。他手里拿着钱，观察着来往的行人，看过来人脸上的神色，他就知道这人退不退票。有时候他把钱就拿在手上，看着有退票的人来了，他就马上过去先把钱给人家，然后再接人家手上的票。"

即便在原子弹理论设计攻关最紧张的岁月里，他也会在某个晚上，突然带领所里的年轻人去长安剧院看一场京剧。他不仅爱看，还爱唱，一板一眼唱得很投入，很有点票友的味道。他常常在读过某物理经典名著的某一章节后，便若有所思地哼上一两段京剧。在课题攻关突破瓶颈，打开思路时，他也会很忘情地唱上一段。九院的同事说，只要一听老邓唱戏，就知道事情有门儿了。在他的影响下，被称为"28星宿"的他亲自选拔的第一批大学生科研人员，几乎人人都成了戏迷。

一次，一批著名核物理学家去四川山沟里的九院参加学术讨论会。晚上，一个科学家打伞冒雨去开会时，忽然听到前面打伞的高个子哼起京剧"苏三离了洪洞县，将身来在大街前。未曾开言我心好惨，尊一声过往君子听我言"，还很快乐地口奏鼓点，深受感染，于是也接着唱起来"哪一位去往南京转，与我那三郎把信传。言说苏三遭冤案，如今起解奔太原。"前面人回头一看，两人不由在雨中哈哈大笑。原来大高个儿是邓稼先，后一位是于敏，两位名科学家都是京剧迷。

还有一次，邓稼先离家大半年了，回京汇报试验情况，周总理特批他回家一个晚上。邓稼先回家后，第一件事就是想去看戏，许鹿希说，现在还上哪里去弄票呢？邓稼先一笑：你忘了我的"绝招"了？于是两人带着警卫员（按规定，警卫员必须紧跟不离）一起骑车去了吉祥戏院，邓稼先察言观色，软缠硬磨，很快就搞定了几张退票，进了剧场。那晚上演的是马连良的《四进士》，张君秋饰杨素贞，谭富英饰毛朋，裘盛戎饰顾读，马富禄饰万氏，均是一时名角，唱念做打，无一不精，小警卫员看得无精打采，直打瞌睡，邓稼先却看得如痴如醉，十分投入。回来的路上，还摇头晃脑地哼唱着"本院奉命出帝京，明察暗访到柳林。只为不平把状写，柳林写状为百姓。"这一夜，邓稼先兴奋无比，像过年一样。

满江红

绍兴六年深秋的一个下午，岳飞枯坐鄂州（今湖北武昌）帅府，窗外秋雨绵绵，屋檐上几茎衰草在瑟瑟抖动，飞往南方的雁阵传来阵阵鸣叫。每逢天阴下雨，旧年的箭伤就会隐隐作痛，他手捧一杯茶，闷闷不乐，思绪万千。

桌子上摆着一堆地方官员和士绅的吃饭请柬，岳飞叫师爷进来说："把这些请柬全都辞了，就说我身体不适。"师爷说："大帅这不合适吧，得罪了这些地头蛇，以后有很多事情不好办。"岳飞想也不想："眼下国难当头，民生凋敝，哪还有心思去和他们唱和应酬，以后再说罢。"

果然是"愤怒出诗人"，几天来一直处在愤怒情绪中的岳飞，突然来了诗兴，他要好好宣泄自己的情绪，要不就真憋坏了。岳飞的诗词很有造诣，虽军务倥偬，常忙里偷闲写上几首；他的书法也不同凡响，隶、草、行、楷书都有功力，尤其是草书，龙飞凤舞，刚柔相济，很小就给乡邻们书写对联。提起笔来，头绪颇乱，一时想不起该从何处下笔，就先定下词牌《满江红》，接着浓墨重彩地写下"怒发冲冠"几个大字。

岳飞的愤怒不是没来由的，这次出师北伐，千辛万苦攻占了伊阳、洛阳、商州和虢州，继而围攻陈、蔡地区。但他很快发现自己是孤军深入，由于朝廷掣肘，原计划好的左右两翼都没跟上，离自己还有数百里，既无援兵，又无粮草，如果再打下去，就有被金军包圆的危险，于是不得不撤回鄂州。前功尽弃，壮志未酬，他越想越气。

不知什么时候，雨停了。岳飞走到窗前，倚着栏杆，向远处眺望。前几天，他刚过了35岁生日，发现头上居然已有几根白发了，而恢复中原的大业却遥遥无期，皇帝苟安，权臣作祟，自己空有一腔报国热血却英雄无用武之地，一声叹息，郁闷啊！想到这里，徐徐写下"凭栏处，潇潇雨歇。抬望眼，仰天长啸，壮怀激烈。"

岁月如梭，百年不过一瞬。岳飞想到母亲的厚望，业师的期待，父老乡亲的嘱托，再想想自己的建树，真是"三十功名尘与土，八千里路云和月。"建炎三年秋，岳飞率孤军坚持敌后作战，先在广德攻击金军后卫，六战六捷。又在金军进攻常州时，率部驰援，四战四胜。次年，岳飞在牛头山设伏，大破金兀术，收复建康，金军被迫北撤。绍兴四年，岳飞挥师北上，击破金傀儡伪齐军，收复襄阳、信阳等六郡。同年十二月，岳飞又败金兵于庐州，金兵被迫北还，发出悲鸣"撼山易撼岳家军难！"。这功劳要说已不小了，足以上报朝廷，下慰百姓，但岳飞自己却不满意，于是激励自己"莫等闲，白了少年头，空悲切！"

一场秋雨一场寒。岳飞略感到有些凉意了，不禁打了个寒战，又转念遐想，被金军掳走的徽钦二帝不知怎么样了，在那冰天雪地的北国，水土不服，衣食不给，还要遭人役使，肯定会受尽屈辱，生不如死，岳飞想想就心痛，连皇帝都被人俘虏了，这是国家的奇耻大辱啊。于是刷刷点点又写下"靖康耻，犹未雪。臣子恨，何时灭！"

其实，抗金复国不难，岳飞心想，只要"文官不爱钱，武官不怕死"，只要卧薪尝胆，励精图治，只要人人精忠报国，朝野上下一心，将帅有"驾长车，踏破贺兰山缺"的豪气，军士有"壮志饥餐胡虏肉，笑谈渴饮匈奴血"的勇猛，收复失地，北定中原，雪洗耻辱，都是指日可待的事。

到那时，横扫女真，直捣黄龙，迎归钦徽二帝，回都汴梁，"待从头、收拾旧山河，朝天阙。"该是何等惬意，何等痛快！力挽狂澜，再造乾坤，大丈夫当如是。

岳飞写完，吟诵再三，又改动一二处，颇为自得，激动不已，喝令一声："拿酒来，当浮一大白！"

此时，天放晴了，秋日斜阳照进帅府，一片金光灿烂，云蒸霞蔚。

梁惠王的"迟钝"

　　孟子的运气真是不错。一本《孟子》,约三分之一都是孟子和君王的对话,他或以教训者身份出现,或以批评家口吻讲话,或以杂文家的语气上课,不是连讽带刺,就是夹枪带棒。可让人意外的是,他的谈话对象,不论是梁惠王、齐宣王,抑或滕文公,都能耐心听下去,没人翻脸拍桌子,不知是反应迟钝还是出于别的原因。

　　开篇《梁惠王章句》里,梁惠王很客气地问:你不远千里而来,能给我带什么好处吗?孟子马上就板起面孔教训说:干嘛一开口就谈好处呢,俗,太俗了!一下子给梁惠王整个大红脸,可也没见他恼羞成怒。这梁惠王也够迟钝了,要碰上狡黠暴戾的刘邦,话不投机就立马敢拿你的帽子盛尿——"辄解其冠,溲溺其中"。

　　第二篇,梁惠王正在自家花园里观赏动物,孟子又大煞风景,旁敲侧击地批评他不会与民同乐,光知道自己享受,并引用《汤誓》里那段名言"时日曷丧,予及汝皆亡"来影射——你什么时候毁灭,我愿与你同归于尽。够狠毒了吧,梁惠王也只是傻傻一笑,似乎没啥反应。若遇上反应机敏的汉武帝，不要你脑袋，也得让你成个废人，就像太史公那样。

第三篇，梁惠王得意洋洋地夸耀自己的政绩，如何关心子民，赈灾济困，比别的君主要好多了。孟子不跟着吹捧也就罢了，还别有用心地用"五十步笑百步"的故事来讽刺他，意思说他其实也强不到哪里去。梁惠王不知是装傻，还是糊涂，还就那么肉肉地听着，无动于衷。这话要是说给雄猜多疑的朱洪武听，他会当场翻脸，搞不好就给你来个"剥皮楦草"——他最擅长这个。

孟子还会见过的齐宣王、滕文公、邹穆公、鲁平公，似乎也都比梁惠王智商高不到哪里去，虽然他依旧是那种好为人师的样子，说话依旧是冷嘲热讽，态度依旧是"阴阳怪气"，语言依旧犀利尖锐。他对王室官家"庖有肥肉，厩有肥马"而"民有饥色，野有饿莩"斥之为"此率兽而食人也"；他提出"民为重，社稷次之，君为轻"；他鼓吹"君视臣如手足，则臣视君如腹心；君视臣如犬马，则臣，视君如国人；君视臣如草芥，则臣视君如寇仇。"话都够"难听"了，可那些大小国君也都很"弱智"地听着，最多我不照办就是了。

或曰，孟子乃名士，别人不敢怎样他。错！历代君王杀的名士还少？曹操杀孔融，又借刀杀了祢衡，司马炎杀嵇康，朱棣杀方孝孺十族，乾隆连吕留良的尸体也不放过，扒出来焚尸扬灰，以泄其恨。孟子又能怎样，别看你自我感觉良好，碰上那嗜杀成性的君王照样"咔嚓"，你觉得自己有学问、有威望，可在人家君王眼里不是一钱不值，穷酸寒儒，臭老九耳！

没别的，只能说孟子运气好，好的让人嫉妒，他那个时候，既没有文字狱，不搞以言治罪，也不知"诽谤、恶攻"为何物，再加上碰到了几个不知道是"迟钝"还是有雅量的君王，于是才能畅所欲言，口无遮拦，成就了千古"亚圣"孟子。真诚地感谢梁惠王、齐宣王们，为他们的"迟钝"浮一大白。

李世民的"胡须秀"

唐贞观十七年，大臣李世勣患了重病，医生给他诊察后，开了个处方："把胡须烧成灰，配药可治此病。"唐太宗李世民得知后，当即剪掉自己的胡须，烧成灰，并亲手用这灰为李世勣调和成药，给他敷用。身体发肤，受之父母，皇帝关心功臣到了这个程度，李世勣想不感动都不行，他十分感激皇帝的恩德，频频磕头，额破血流，称谢不已。

唐太宗这是真心关爱还是作秀，谁也无法得知，不敢妄下结论，不过，后来的一件事却让人看出了其中眉目端倪。唐太宗身染沉疴后，知道儿子李治生性懦弱，便将一点没有过错的李世勣贬为叠州都督。唐太宗叮嘱李治："彼才智有余，然汝与之无恩，恐不能怀服。我今黜之，若其即行，俟我死，汝于后用为仆射，亲任之；若徘徊顾望，当杀之耳！"好在李世勣久经官场，深知太宗的心计，接到命令后，毫无怨言，立即奔赴新的岗位，免了杀身之祸。由此看来，唐太宗先前的剪须烧灰，并非什么真情流露，而不过是一场"胡须秀"。

笼络部下，是旧时将帅的基本功，花样人人会玩，招数各有不同，你唐太宗会玩"胡须秀"，我刘玄德则会玩"摔子秀"。《三国演义》里，赵子龙在曹营中杀了数进数出，险些将性命丢在曹营，费尽九牛二虎之力后方将幼主阿斗救出，刘备从赵云手中接过阿斗不仅没有表现出应有的高兴，反而将阿斗掷之于地，说：为你这乳子，几乎损我一员大将。赵云一见此情景，立时被感动得涕泪涟涟，连忙跪到地下："赵云就是肝脑涂地也不能报主公的知遇之恩啊！"可惜，大伙的眼睛都是雪亮的，于是就有了一句著名的歇后语：刘备摔孩子——邀买人心。

乾隆爷也是个工于心计、喜欢作秀的人，为收买部下卖命，也想了不少办法。乾隆有次正在用膳，太监报喜说，金川用兵终于胜利了。乾隆在此地用兵，耗银近亿，屡战屡败。乾隆高兴得眼泪当时就滴下来了，其中有一颗眼泪掉到鱼羹里了，他眉头一皱，计上心来，忙叫太监把这碗含有"龙液"的鱼羹送给金川带兵大将文成，且叫太监细叙鱼羹端详，"上即命脉封鱼羹以赐文成，并申明其故。"这下，可把文成感动得痛哭流涕："臣敢不竭死以报圣上之眷也？"

相比较而言，吴起的"吮脓秀"成本最高，又脏又臭，还有染病的危险，但成本高收益就大。战国时吴起在魏国为将，《史记》记载他："起之为将，与士卒最下者同衣食，卧不设席，行不骑乘，亲裹赢粮，与士卒分劳苦。卒有病疽者，起为吮之"。有士兵患了疮疽，吴起亲自为他吸吮脓液。那个兵士的母亲知道后，放声大哭："去年吴将军为你父亲吸吮毒疮，你老爸就玩命打仗，最后死在战场，现在吴将军又给你小子吸吮毒疮，你怕是也要死在战场了。"吴起也就是象征性地为部下表演一回"吮脓秀"，却换来了部下的作战勇敢，不怕牺牲，以一当十，这代价也太值了。

一般来说，古时士卒部下们头脑都很简单，没啥城府，很容易被感动，且缺乏民主意识，有牢固的等级观念，还笃信士为知己者死的信条，君王、将帅一个简单的示爱表演，就可能使他们感激涕零，或忠心效劳，鞠躬尽瘁，或慷慨赴死，在所不辞。而作秀者付出的，无非是一把胡须，一碗羹汤，就是刘备的摔孩子略有一点风险，不知刘禅后来的不大聪明与这一摔有无关系。

不过，今天的人们就很不容易感动了，任是怎样精心策划，巧妙安排，只要你一出手，不论烧胡子还是摔孩子，或更高明的招数，他就会毫不留情地揭露你：作秀，你是作秀！这不知道是人心不古，还是社会进步了，我相信是后一点。不轻易被感动，是一个人有理性的表现，就像鲁迅所讲的那样，看见一个人流眼泪，不要忙着掏钱，一定要先看看他的手帕上抹了胡椒水没有。

歪批

1975 年，我去工厂"支左"，当时全国都在"评法批儒"，我们也跟着瞎凑热闹。有一次开大会，革委会主任作辅导报告，一顺嘴把西汉桓宽的《盐铁论》读成了"盐碱论"。旁边正在打瞌睡的副主任接上话茬：要说批这盐碱论，俺最在行，俺老家在黄河古道，到处是盐碱地，天一旱地里白花花一片，老百姓可遭罪了，这盐碱论该批，就是该批！底下笑声一片，他还以为自己发言精彩呢。因为他的"歪批"，后来大伙背后就叫他"歪主任"。

歪批，当然不是从"歪主任"这里滥觞，其实也是古已有之。孔子说："诗三百，一言以蔽之，曰：思无邪。"然而，宋代大臣沈朗却上奏朝廷："《关雎》夫妇之词，颇嫌狎亵，不可冠《国风》。"意思是说，这首诗有些"流氓"，不能放在《国风》的首位。而且他还自告奋勇，撰写了《尧》《舜》两首诗，要放进《诗经》，真是恬不知耻。可没想到道学大臣的歪批，居然还得到了糊涂皇帝理宗的嘉奖，赏给他帛布百匹。朝野一时传为笑谈。

清人毛奇龄，学问不小，曾谓："元明以来无学人，学人之绝斯三百年矣。"可他歪批的故事也颇可笑。"春江水暖鸭先知"历来被认为是东坡名句，毛奇龄却批为："春江水暖，定该鸭知，鹅不知耶？"诗人袁枚嘲笑他说：如果这样来歪批，那么《三百篇》句句都不恰当，在河水中的小岛上，斑鸠尸鸠都可以在，何必是鸤鸠呢？在山丘一角，黑鸟白鸟都可以在，何必是黄鸟呢？（《随园诗话》）

文人歪批，多是文字游戏，无非想独出心裁、哗众取宠罢了；君王的歪批，那可就是一言九鼎，而且其中必寓有"深意"。朱元璋特别讨厌《孟子》，因为其中有些话让他听了很不舒服，譬如"民为重，社稷次之，君为轻"，被他批为"胡言乱语"；再如"君之视臣如手足，则臣之视君为腹心。君之视臣如犬马，则臣视君如国人。君之视臣如草芥，则臣之视君如寇仇。"更让他如芒刺在背，怒批为"无君无父之词"。他不仅"歪批"，而且还"歪删"，命令臣下将《孟子》中自己看着不顺眼的"反动文字"尽皆删去，共砍掉原文八十五条，只剩下一百多条，还编了一本《孟子节文》，又专门规定：科举考试不得以被删的条文命题。没文化的朱洪武，敢对文化经典杀杀砍砍，虽底气不足，但"勇气"惊人，不过终究沦为荒唐之举，贻笑大方。

"六经注我，我注六经"，是中国文化人的传统，多少人为此忙活一辈子，多是忙着诠释注解，但也有挑毛病的，古人经典不是不能批，关键是要批得有理有据，让人口服心服。时下，很有些专家学者的讲座或著述，对古人经典胡解、乱释、瞎译、歪批，不仅有辱先贤，亵渎经典，而且误人子弟，谬种流传，究其原因，无非是胆子太大，而学问又太小耳。

第三辑　思路花语

英雄与鼓掌的人

台湾女作家刘继荣的一篇博文在网上流传很广，引起普遍共鸣。博文梗概是，上中学的女儿，成绩中等，却被全班学生推选为"最欣赏的同学"，理由很多：热心助人，守信用，不爱生气，好相处，乐观幽默等。妈妈开玩笑说："你快成为英雄了。"女儿却认真地说，"我不想成为英雄，我想成为坐在路边鼓掌的人。"

英雄注定是凤毛麟角，鼓掌的人则成千上万，这就是现实。而我们的家长，几乎人人都是把孩子按英雄来培养的，希望他们成龙、成材、成器，将来做大官、大老板、大科学家、大文学家、大明星，因而，不惜工本，一再加压，为了"别让孩子输在起跑线上"，重金请家教，上各种特长班，参加名目繁多的竞赛与考级，让孩子整个童年都如牛负重，了无生趣。如果哪个孩子敢对父母说，我不想当英雄，想当个为英雄鼓掌的普通人，一定会让父母失望得要死，被他们骂个狗血喷头。

学者易中天就对这种教育怪相做过一个很幽默的概括："望子成龙，望子成材，望子成器。'龙'是怪兽，'材'是木头，'器'是东西，结果是家长逼着孩子成怪兽、成木头、成东西，就是不要成人。"可即便如此，根据统计，无论如何，整个社会只有不超过5%的精英；85%的学生会是十分普通、平庸的，成为"鼓掌的人"；还有10%的孩子因为种种原因，甚至会沦为社会底层，成为接受救济的群体。

毕竟，一个孩子将来究竟成为英雄还是成为"鼓掌的人"，不以人们的意志所转移，这里有天时地利人和因素，有自身素质、天赋因素，有机遇及社会需要因素，有非常复杂无法掌控的偶然性。如果父母不顾主客观条件，一心要孩子当英雄，做人杰，成精英，那不仅是难为自己、难为孩子，也是难为社会，将来失望的可能性极大。

鲁迅曾说过："孩子长大，尚无才能，可寻点小事情过活。"老舍教育子女的章程中，也立有"不必非考一百分"和"不必非上大学不可"两条。巴金不希望他的外孙女端端"牺牲睡眠、牺牲健康、牺牲童年的欢乐，做考分的奴隶、做文凭的奴隶"。钱学森对儿女的教育方式就是"不教育"，顺其自然，让他们快乐成长，根据兴趣去选择自己的未来。他们自己虽然是赫赫有名的一代英雄，却没有硬性要求子女也去当英雄，一是他们知道英雄不是刻意培养出来的，机械的培养最多可让其多点技艺而已；二是他们更看重儿女的幸福和乐趣，不赞成为了当英雄而成为考分、文凭的奴隶；三是在他们眼里，英雄和普通人是平等的，没有高低贵贱之分，将来哪怕是"寻点小事情"，不上大学，成为"鼓掌的人"，也是正常和令人欣慰的。

这些年来，我们的教育过度地阐释了人生成功的意义，人们普遍信奉"成功就是一切"，甚至抬高到"成王败寇"的地步，而且非常功利地把成功内容限定为成名成家、升官发财，这无疑是教育的误区，既脱离实际，又危害颇大。

在一个价值观多元化的时代中，公众对于成功标准的设定理也应实行多元化，既推崇叱咤风云的英雄，也肯定"坐在路边鼓掌的人"，与此相适应，就应倡导个性化教育，发展孩子的个性和兴趣，像陶行知所言：解放儿童的头脑，使他们能想；解放儿童的双手，使他们能干；解放儿童的眼睛，使他们能看；解放儿童的嘴，使他们能谈；解放儿童的空间，让他们到大自然，到社会去扩大视野。这远比逼着他们去当那虚无缥缈的英雄要更有意义些。

世界需要英雄，更需要"坐在路边鼓掌的人"。

后人如何谈论我们

　　平素喜读文史类书籍，也爱动点笔墨对前人评述褒贬，说三道四。或看《三国》掉泪，读《西厢》动情，或激赏"魏晋人物晚唐诗"，为庆历新政失败叹息，或怒刺明清文字狱，痛憾晚清政府之昏聩……突然想到，早晚有一天，我们也会作古，后人也会照样评说、剖析我们，在他们笔下，我们会是个什么样子呢？想想我们今天如何谈论古人，就知道后人该怎样谈论我们。

　　"是时，国力强大，经济繁荣，科学昌明，人民生活水平提高迅速，周边环境相对和平，为历史最好时期，超过贞观之治、文景之治、康乾盛世，GDP 居世界第二，被誉为'金砖四国'之首。"对后人的这一评论，我们是有充分信心和期许的，同时也是实至名归，当之无愧的。

　　"其时，文化兴旺，百花盛开，名家荟萃，精品迭出，艺术形式繁多，艺术品数量创历史记录，影视综艺节目尤为突出，长篇小说占世界总量三分之二。然缺少艺术大师，缺少传世作品，最有代表性和群众基础的艺术形式为小品，惜其分量太轻且失之于浅薄，不足与唐诗、宋词、元曲、汉赋、明清文学相提并论。"这样的评论，褒贬皆有，我以为是客观的，这使我们既喜且愧。

"数年间，粮食连续丰收，人民生活进入小康阶段，库存丰盈，市场空前繁荣。然食品造假甚嚣尘上，花样百出，令时人防不胜防，苦不堪言。苏丹红、三氯氰胺、瘦肉精、吊白块等为主要有毒添加剂。政府虽出台治理措施，但收效有限，有毒食品事件时有发生。因涉嫌食品造假企业、商贩太多，消费者与生产者都几乎无人能免，故时评家称为'易粪而食'。"后人要是这样写我们，那可是一点也不夸大，我们确实无话可说，唯有心虚脸红。

"体育方面，全民健身蔚成风气，男女老少均自觉锻炼。竞技体育大放异彩，在体操、举重、乒乓球、羽毛球等传统强项，走在世界前列，为历届奥运会金牌总数进入前四名做出重要贡献。但田径较弱，唯有跨栏运动员刘翔为亮点，篮排足三大球均乏善可陈，尤以男足为甚，屡战屡败，每况愈下，沦为亚洲三流队伍，人见人欺，成为当时世人笑柄。"后人如果这样说，会惊出我们一身虚汗，但扪心自问，也基本算是实事求是，但愿男足等能发愤图强，早日崛起，以改变后人对我们的刻薄酷评。

"当时，污染严重，几大水系均难免其害，城市尤甚，世界十大污染城市中国占据五席，主要污染物排放总量远超环境容量。4/5 的城市不能达到环境空气质量标准，空气污染严重影响居民身体健康。长三角、珠三角、京津冀等地区城市大气灰霾和光化学烟雾污染突出，灰霾天数占到全年总天数的 30% 至 50%。"对于各种污染，我们早已身受其害，忍无可忍，即便后人不批评，我们也不能听之任之，应立即下大力气治理污染，好给我们也给子孙留下青山绿水，免得日后挨骂受批，羞对后人。

"科技领域，科研经费投入、科研队伍规模、科研成果数量、发表论文数量、申报专利数量都居于世界前列，产生过袁隆平、王选、屠呦呦等著名科学家，堪称科技大国。但基础研究薄弱，原创性科研较少，满足于修修补补，改装仿造，缺乏核心技术，保护知识产权乏力，因而没有重大原创性发明问世，与科技强国相去甚远。"后人若能这样评论我们，那真是笔下留情了，如果把时下的论文剽窃成风，科研造假频见，院士官员化，官员"博士化"，屠龙之技课题比比皆是等问题都一一照录，那我们真的就无地自容了。

人生苦短，转眼即入轮回。每个人都是历史的过客，千秋功罪，自有后人评说，是非得失，必有史家品评。常想想后人如何评判我们，会让我们不敢懈怠，保持危机感、紧迫感，努力多创财富，多出成果，多做善事，多兴义举，多流汗水，多付心血，唯有如此，百年后才能无愧于子孙，坦然面对后人指点，无愧于祖先，与历史上那些杰出先驱为伍而毫无愧色。因而，当我们懈怠放纵时，碌碌无为时，想想后人会如何评论我们，将大有裨益，不敢松懈。

人总得牵挂点什么

三十多年前，母亲送我上大学时，再三叮嘱：儿是娘的挂心钩，儿走千里母担忧。常写信，别让家里惦记啊！当时，我还有些不耐烦，嫌她婆婆妈妈。

很多年后，我们夫妻送女儿到北京上大学，也变得和母亲一样絮叨，交待这，交待那，女儿一脸的不以为然：我不是小孩，净瞎操心！那时已不兴写信，我们就要求女儿每周要往家打一次电话，能听到她的声音，我们就放心了。再后来，女儿到美国留学，我们不仅挂牵她的食宿学业，甚至每天都关心那里的天气预报，一有异常，就赶快通知她添衣带伞。

这就是牵挂，人有七情六欲，爱憎嗔痴，有亲情友谊，家国情怀，自然免不了牵肠挂肚，日思夜想。牵挂，既费心思，又伤元神，且实际上大多时候帮不上什么忙，没一点"实用"价值，可即便如此，无论是谁，都总得牵挂点什么。

战乱时期，"烽火连三月，家书抵万金"，父老牵挂前线的子侄，妻子牵挂远征的夫君。读唐人的《春怨》"打起黄莺儿，莫教枝上啼。啼时惊妾梦，不得到辽西。"真是字字惊心，句句凄凉。更悲催的是，妻子们日夜牵挂的丈夫或许早已阵亡，"可怜无定河边骨，犹是春闺梦中人"，所以，独上翠楼的少妇才会有"忽见陌头杨柳色，悔教夫婿觅封侯"的无奈哀叹。

牵挂朋友，亦多有美谈。嵇康被害，山涛牵挂他的遗孤，不畏风险，不怕株连，含辛茹苦将其养大成人。柔石入狱，鲁迅四处奔走营救，柔石牺牲，鲁迅彻夜不寐，写下了那首"惯于长夜过春时"的名诗。李叔同立志出家，家庭和事业都放下了，却还牵挂着在日本留学的学生兼朋友刘质平，担心影响其学业，为他四处筹集学费，把珍藏的书法精品交他变现，一切安排妥当后，才遁入空门。故而，刘质平称他与李叔同"名虽师生，情胜父子"。

牵挂下属，爱护士卒，历代都有佳话。汉武帝牵挂北征将士，不远万里，命人送去御酒两坛，霍去病将酒倒入泉中，令全军共饮，士气大增，连奏凯歌，并留下酒泉地名。赵匡胤命王全斌率军攻蜀，天气骤变，遂解下紫貂裘帽，遣太监飞骑赶往蜀地赐给王全斌，且传谕全军，以不能遍赏为憾事。出征军人，知太祖如此挂念，人人感动、个个奋勇，大胜而归。这样的领导，才会受到真情拥戴，才有凝聚力。

牵挂国家大事，民族伟业，则境界更高，感人更深。岳武穆牵挂的是"靖康耻，犹未雪，臣子恨，何时灭"；戚继光牵挂的是"封侯非我意，但愿海波平"；丘逢甲牵挂的是"四万万人同一哭，去年今日割台湾"。尤其是陆放翁，一生牵挂国家统一，恢复中原，眼见油尽灯枯，还兀自念念不忘"王师北定中原日，家祭无忘告乃翁。"后人评说，放翁一生成诗近万，或可不写，仅此一首，即足以千古不朽。

我等皆为红尘中人，凡夫俗子，做不到心无挂碍，四大皆空。血比水浓的亲情让我们牵挂亲人，肝胆相照的友谊让我们牵挂朋友，渴望作为的情怀让我们牵挂事业，炎黄子孙的印记让我们牵挂祖国，同甘共苦的经历让我们牵挂同事。最难忘啊，总理牵挂欠薪农民工，郭明义牵挂贫困学生，孔繁森牵挂敬老院里的阿爸阿妈，雷锋牵挂灾区群众，吴孟超牵挂他的病人，袁隆平牵挂杂交水稻……牵挂，使人变得充实，心里满当当的；牵挂，使人柔情似水，可亲可敬；牵挂，使我们成为慈父、慈母、良友、君子；牵挂，使我们的生活更有意义且内涵厚重。

当然，还有一种牵挂也很煎熬，牵挂高官厚禄、荣华富贵，同样令人痴迷纠结，乐此不疲，但那不过是贪欲在心底的发酵，是功利对人们的引诱，这种牵挂多了，不加节制，任其发展，难免会利令智昏，走火入魔，甚至走上不归之路。

"孤陋寡闻"的好处

早晨散步，我与邻居李教授谈起早间新闻里报道的黑洞吞噬恒星的消息。教天体物理学的李教授忧心忡忡地说："那么大的恒星都难逃劫难，地球这种小不点就是小菜一盘了，人类前景堪忧啊！"门卫老冯接过话头："啥叫黑洞，难道比台风还厉害？"

李教授胡乱支吾两句，估计老冯也没弄明白，嘻嘻哈哈地走了。我对李教授说："看，这就是孤陋寡闻的好处，人生识字忧患始，你懂得越多烦恼就越多。"

绝不是嘲讽老冯无知，而是我的一点真实感触。人就是这样，知道太少显得愚昧，知道太多平添忧愁。就像刚才说的那个黑洞，距离地球40亿光年，吞噬恒星的事大约一亿年发生一次。对于普通百姓来说，知道不知道都不耽误过日子，关注黑洞还不如关注黑哨、黑金、黑道、黑社会来得更实际，心事重的人说不定还会因此杞人忧天，夜里做恶梦。

庄子曾写过一个寓言，讽刺孤陋寡闻却又感觉良好的井底之蛙，它虽然地盘不大，收获不多，娱乐项目单调，但幸福指数很高。如果不是井口的海鳖说破，它哪里知道外边的世界有多精彩。而且，从此以后，它不管能不能跳出枯井，心情都会变得很糟糕，因为它长了见识，知道外边还有个无边无际的大海。

大家可能都会注意到这样一个现象，孩子比成年人的幸福感强，弱智者比高智商者更容易满足，山区老农比大都市白领心态要好。原因何在？就是因为他们知道的少，欲望低，要求简单，容易满足。给孩子买个几十元的玩具，他就能高兴好几天，因为他不知道郭美美有好几辆价值百万的跑车，不知道世界首富比尔盖茨有私人飞机、游艇，家里的钱能把全世界的玩具都买下来。如果告诉他这些，那就是在残忍地摧残他的幸福，他的无忧无虑不知让多少成年人羡慕啊。

即便是学富五车的大科学家、大学者，孤陋寡闻的也不少，且因此得益颇多。诺贝尔物理学奖获得者、美籍华裔科学家丁肇中来中山大学演讲说：自己100%的时间都在实验室度过，只做实验。跟他一起工作的有600多位教授，丁肇中对他们的唯一要求是只谈论与物理有关的内容，其他事情他都不了解，也没兴趣。因而面对记者的一系列问题，他最多的回答就是"不知道"。因为"这15年来我只做一件事，那就是在宇宙间寻找反物质"，他幽默地说："集中精力做一件事，这样也就可以在回答其他问题的时候说不知道了。"

丁教授对自己的"孤陋寡闻"，没有丝毫的羞愧与不安，反倒颇为自得和淡定。因为他最清楚，一个真正的科学家该怎样生活、学习、研究，什么事该关心、该知道，什么事不该关心、无须知道。否则，如果对那些琐事、杂事、无聊之事，事事关心，市场、官场、名利之场，场场注目，那是绝对搞不成科研的，即便挂着科学家的牌子，那也是伪科学家、假科学家、滥竽充数科学家。

古人说要"有所不为"，实为睿智之语。现实生活中，那些眼观六路，耳听八方，消息灵通，无所不知的人，往往活得很累，心为形役，因为他们知道了太多无用、无益、无聊、无关紧要的事。反倒是那些生活简单、不操闲心的人，精神愉快，事业有成，幸福指数颇高。因为，他们都多少有些"孤陋寡闻"，不去理会那些"徒乱人意"的事。

何妨以植物为师

在骄傲的人类眼里，那些不会言语，无法思考的植物，不论小草或大树，除了能带来碧绿，涵养土壤，光合氧气，提供食物，就是木木地长着，悄悄地死去，别无所长。其实不然，如果我们低下头来，认真观察，虚心研究，就会发现，植物有许多"过人之处"，值得我们敬重、借鉴、师法。

顽强坚韧。岩峰里的松柏，屋顶上的衰草，只要有一丁点泥土，它们都能够破土而出，倔强地成长，而不会埋怨造物主对自己的残忍和薄情。就像京剧《沙家浜》里唱的那样"泰山顶上一青松，挺然屹立傲苍穹。八千里风暴吹不倒，九千个雷霆也难轰。烈日喷炎晒不死，严寒冰雪郁郁葱葱。那青松逢灾受难，经磨历劫，伤痕累累，瘢迹重重，更显得枝如铁，干如铜，蓬勃旺盛，倔强峥嵘。"

柔韧不折。台风来了，雷霆万钧，横扫一切，墙倒屋塌，路垮桥断，令人谈之色变。可海岸边的防风林却安然无恙，它们固然可以被台风刮得摇摇晃晃，甚至匍匐到地上，但台风一过，雨过天晴，依然挺拔、翠绿，郁郁葱葱，焕发出勃勃生机，堪称能伸能屈大丈夫，坚忍不拔真君子。

忍耐等待。撒哈拉沙漠有一种植物，如果没有雨水，可以数年潜伏地下，积蓄力量，一旦天降甘霖，它就会抓住机遇，以最快的时间发芽、开花、结果。最能忍耐的一粒种子，你无论如何也想不到，那就是1951年在辽宁省普兰店泡子屯村的泥炭层里发现的古莲子，据探测它们已在地下睡了一千年左右，经过精心培养，古莲子不久就抽出嫩绿的幼芽，两年后就开出了粉红色的荷花。

灵活机动。南美洲卷柏，旱季时枯萎焦干，"死"得很难看；一旦有水滋养，便轻松"还魂"，郁郁葱葱。如果旱的时间太长，它们还会"背井离乡"，从地里挣脱出来，变成一个圆球，随风迁徙，遇上水源则又变回原形，扎下根来。它们的颜色也会不断变化，旱时淡绿色，减少水分蒸发，雨季时深绿色，充分吸收阳光。

把根扎深。俗话说："树有多高，根有多深。"把根扎深才能吸收尽可能多的水分和营养，在非洲安哥拉沙漠里，有一种灌木叫阿康梭锡可斯，高和人差不多，全身不长一片叶子，可是根长达15米，十年不下雨也死不了。而毛乌素沙漠里的英雄树胡杨的根最长可达百米，所以才能千年不死，千年不倒，千年不朽。

适应性强。雪山之巅有雪莲，沙漠深处有红柳，万米海底有珊瑚，盐碱地里有刺槐、泡桐，再荒凉、贫瘠的地方，都有植物顽强的身影。天气奇寒，有傲雪红梅；酷热难耐，有莲花怒放，秋风扫落叶，有菊花斗霜，再恶劣的天气，都挡不住植物们的摇曳生辉。它们不放弃，不抛弃，从不自卑，不怕寂寞，也不因其小、其丑就自惭形秽，该开花就开花，该结果就结果，傲然于天地之间。

试想，一个人如果坚强似岩峰松柏，柔韧如海岸防风林，灵活如南美卷柏，忍耐如古莲子，把根扎深如胡杨，像梅兰竹菊那样贞守气节，又能适应各种艰苦环境，那就任何困难都压不倒他，在什么环境里都能成长壮大，他就没有不成功的理由，就必然会脱颖而出，成就一番伟业。

回首历史，忍耐等待的姜子牙，卧薪尝胆的勾践，忍辱负重的司马迁，能伸能屈的韩信，忠贞不渝的苏武，折腾不垮的苏东坡，坚强不屈的文天祥，百折不挠的孙中山，爬雪山过草地的红军队伍，分明就是人中松柏胡杨，梅兰竹菊，雪莲红柳，因而万众敬仰，千古留名。

泰勒的讣告

2011 年 3 月 23 日，美国好莱坞传奇影星伊丽莎白·泰勒与世长辞，享年 79 岁。可是，她的讣告却早在多年前就写好了，她去世的第二天，《纽约时报》就登出了长达 4000 字的讣告，声情并茂，文辞动人，令人扼腕叹息。不过，讣告最后加了个注解，该文作者麦尔·高索于 6 年前就已辞世，编辑比尔·麦克唐纳德在接受《华尔街日报》的采访时表示，因为麦尔·高索写得太好了，所以不忍心扔掉。

人还活着就被写好了讣告，肯定是大不敬的事，但提前写讣告的人也自有其道理，因为泰勒长年疾病缠身，多次动手术，媒体也多次发布她去世或即将去世的消息。的确，除了美丽和演技，泰勒一生中都与之抗争的是她的身体。她的身体就像个战场，不断发出警报、抛锚、修整。她笑谈自己去医院就像普通人坐的士一样频繁。她患过肺炎，因肺炎遗留下来的呼吸困难症，良性肿瘤，血管性心力衰竭，四次摔伤背部，椎骨骨折，以至于她在长时间行走或站立时都会剧烈疼痛。并且患有罕见的皮肤癌，以及心脏瓣膜出现破裂，曾有七次传来病危，每一次她都化险为夷，从死亡的关口熬了过来。

然而，给泰勒的讣告写得最早也最精彩的还是玛里琳·约翰逊，10年前她就写好了，没想到病歪歪的泰勒居然又活了10年，还收获了一次婚姻。玛里琳是一个很权威的讣告专业作者，在美国，写讣告和贺词都单独成一个产业，她曾应邀给许多名流显贵写过讣告，也曾多次给处于死亡边缘的名人预先准备好讣告。她还出版了一本《先上讣告，后上天堂》，畅谈了自己职业生涯中经验教训，她在书中毫不隐晦地说，某名人离世的消息经常会引发我肾上腺素的汹涌，对此，我心怀歉意："请原谅我们的喜悦，但我们毕竟是干这个的。"当然，她也曾有过多次判断失误而过早出笼的讣告，除了对泰勒的提前预判，还有对影星马龙·白兰度，屡次失手的死亡预测终于让她明白："不该僭越、插手上帝的工作，对于讣告作者，上帝是他们唯一的责任编辑。"

国人也有类似习俗，不过不为谋利，多为一逞才情，譬如为活人预作挽联，曾国藩即是其中翘楚。曾氏喜作挽联，只是，亲朋故旧中没有那么多死者等着他"敬挽"，此公也有办法，进行"生挽"——即给身边熟悉的活人预写挽联。此举有些缺德，所以得偷偷地干，决不敢让被挽者知道。挽联言简意赅，盖棺论定，既要总结生平，又要表达情感，发表评论，还要有一定高度，很难写好。但功夫不负有心人，曾国藩经过多年苦练，后来的挽联创作炉火纯青，其全集中就收有自创挽联77副。近代古文家吴恭亨曾说：曾文正挽联"雄奇突兀，如华岳之拔地，长江之汇海，字字精金美玉，亦字字布帛菽粟。"对曾氏之联语评价甚高，可他无论如何也想不到，人家这挽联是下了大工夫，预先多少年就写好的。

钱钟书在《围城》中有则这么一段妙语："文人最喜欢有人死，可以有题目做哀悼的文章。棺材店和殡仪馆只做新死人的生意，文人会向一年、几年、几十年、甚至几百年的陈死人身上生发。'周年逝世纪念'和'三百年祭'，一样的好题目。死掉太太——或者死掉丈夫，因为有女作家——这题目尤其好；旁人尽管有文才，太太或丈夫只是你的，这是注册专利的题目。"文字固然刻薄，但也不无道理。

有些不能说的事

"为尊者讳，为亲者讳，为贤者讳"，是孔子编纂《春秋》时的原则，后来就成了书写历史的潜规则。简言之，对那些长者、有身份地位者，其丰功伟绩可大讲特讲，而干过的不太体面的事或者坏事则不能提，只说过五关斩六将，不说走麦城；只说平定天下居功至伟，不说玄武门之变；只说"桃李不言下自成蹊"，不说挟嫌报复斩校尉，否则就有损形象，犯了大忌。

宋代大科学家沈括是个贤者，"博学善文，于天文、方志、律历、音乐、医药、卜算无所不通，皆有所论著"。(《宋史·沈括传》)是个文化、科技通人，一生从事的研究领域极为宏阔，用独步千古来形容他一点也不为过。可是，对他的瑕疵——诬告苏轼，历史书却一直讳莫如深。沈括与苏轼是老友，却出来告密说苏轼诗作有讥讽朝政之意，并举例说"根到九泉无曲处，世间惟有蛰龙知"这两句诗，就是影射皇帝，大逆不道，于是由此开始，揭开了"乌台诗案"的大幕，一场牵连苏轼三十九位亲友、一百多首诗的大案便因沈括的告密震惊朝野。

戚继光是明朝的抗倭名将，也是个贤者，其功劳青史留名。但他也有毛病，就是行贿。他派弟弟送给宰相张居正的礼物，都一笔一笔地记录在《张居正书牍》中，礼物丰厚，花样无穷，其中有一次，他还挪用军费为张居正买了两个年轻貌美的姬妾。所以，历史学家黄仁宇始终不认可民族英雄的"人造完美"，他在《万历十五年》中说："戚继光是一个复杂的人物，不能把他强行安放在用传统道德构成的标准像框里。"并且在引用《明史》对戚继光、俞大猷两位将领进行对比时，认为戚继光"操行不如而果毅过人"。

左宗棠一生最大遗憾，就是学历低，只是个举人。光绪元年（1875）年五月，左宗棠以钦差大臣身份奉命督办新疆军务。在军情紧要时刻，他却在为自己的"举人学历"耿耿于怀，他想，自己的身份仅是举人，再有功劳按例也不能入阁，死后也得不到追封，建立再高的功业也不能光宗耀祖，这多委屈啊。于是，他自恃盖世功业，上奏清廷，要求解除军务，回京参加会试。当时，西北正处于关键时刻，左宗棠此时要求更易主帅，对于清廷来说，简直是"大厦将倾"。朝廷看出左宗棠的真实用意，赶紧遂了人家的凤愿，破例赐他一个进士，并授予翰林院检讨职务。左宗棠由此得到了"高等学历"，精神大振，所向披靡，终于收复了六分之一国土，立下不世之功，进入了中国历史上民族英雄的序列。

人性是复杂的，人都有多面体，圣贤有过失，尊者有瑕疵，皆为正常之事。所以应该相信人们的基本判断力，不会因为白玉微瑕就断然弃毁，也不会因为英雄有疾患，就失去景仰之心，用鲁迅的话来说，有缺点的战士终究是战士，完美的苍蝇也终究不过是苍蝇。

第四辑　冰心玉壶

一片冰心在玉壶

公元 756 年深秋的一天，群雁南飞，寒凝大地，一派肃杀气氛。59岁的诗人王昌龄，带着老仆，牵着老马，还有简单到寒酸的行李，由湖南龙标（今黔阳）辗转回老家京兆（今西安）途中。一路上起早贪黑，晓行夜宿，鞍马劳顿，颇为辛苦，眼看就要来到安徽亳州城了。王昌龄不由得眼睛一亮，跑了一天，累得够呛，人困马乏，盼着早点找个客栈歇脚。

王昌龄自幼家境贫寒，一生经历颇为坎坷。公元 727 年，苦读数年后，29 岁的他终于进士及第，"春风得意马蹄疾，一日看尽长安花"，倒也风光了几天。后来任了个小官校书郎，他不善钻营，耻于媚上，又不肯贪贿，不会聚敛，也没有送礼的闲钱，这一干就是 7 年，原地踏步。再后来，他又到河南汜水县当县尉，相当于公安局长，基本边缘化了。家人朋友很担心他，纷纷来信问候，他以诗为信回复说："寒雨连江夜入吴，平明送客楚山孤。洛阳亲友如相问，一片冰心在玉壶。"表明了自己不同流俗的磊落襟怀和高尚追求。

739年，他第一次因事被贬谪岭南（今广东）。第二年遇赦还京后，又赴江宁（今南京）任江宁丞，即县官的副手。这是个闲官，权力不大，油水不多，好在公务也少，远离是非，他算是安安生生过了几年，喝喝小酒，写写小诗，倒也优哉游哉。可没想到，人在屋里坐，祸从天上来，747年，他被人诬陷"不护细行"，再度被贬官湖南龙标任县尉。这一去又是8年，远离家乡亲友，十分寂寞，直到755年安史之乱爆发，朝廷自顾无暇，下级官员各寻出路，唐肃宗大赦天下，他终于得以致仕回乡。这一年他虚岁60，也算进入花甲之年。

　　落叶归根，总是件值得高兴的事。所以，尽管旅途辛苦，寝食不周，他心里还是很愉快的。一路上，他拜会了多位诗友，畅谈友谊，议论诗作，佐以美酒，其乐无穷。行到卢溪，他见到了老友司马太守，喜不自胜。接风酒宴上，一帮文人觥筹交错，吟咏唱和，王昌龄不觉已是醉眼迷离，借着酒兴，讲起自己当年的一件趣事。

　　唐玄宗开元年间的一个雪天，王昌龄和诗友王之涣、高适来到一座旗亭（即酒楼）赏雪饮酒。恰有几个歌姬献唱。三人打赌：听听这些歌姬唱的歌都出自谁的诗作，三人中唱到谁的，就在壁上画一道记号，少者出酒资。头一个歌姬上来就唱了一首王昌龄的送别绝句《芙蓉楼送辛渐》。接下来的歌姬唱的是高适的《哭单父梁九少府》。再接下来唱的又是王昌龄的宫怨诗《西宫秋怨》。再往后，歌姬唱的是王之涣的名作《凉州词》等诗。王之涣的诗作虽然入歌最多，却是王昌龄拔得头筹。这个典故就叫"旗亭画壁"。听后，众人起哄叫好，各浮一大白，尽兴而归。

　　说话间，来到了亳州城，城墙巍峨，戒备森严，是个兵家必争之地。要说这里的刺史闾丘晓，也是个诗人，平时喜欢涂涂抹抹，敷衍成诗，而且自视甚高，但其水准比王昌龄那就差太多了，说是天壤之别也不为过。他又是个嫉贤妒能之人，容不得别人比他强，早闻王昌龄诗名，只恨其名声太高，自己却默默无闻，一直忿忿不平。

按规矩，王昌龄要去拜会这个地方官，一是报个到，二是开个路条。王昌龄恭恭敬敬递上手本。闾丘晓扫了一眼问："你就是'七绝圣手'王昌龄？"王昌龄回答："不敢，正是在下。"闾丘晓心想，诗写不过你，整人你可比不过我。就故意发难说："如今安史为乱，人皆南逃，你却北上，分明有投敌之嫌。"王昌龄反问道："请问证据何在？""证据？打几棍子就有了，给我大刑伺候！"师爷在一旁小声提醒说，这样不妥吧，好赖他也是朝庭命官。闾丘晓鼻子一哼："治世从法，乱世从权。这里天高皇帝远，我说了算，给我往死里打！"闾丘晓一边冷冷看着，一边狠狠地说：打你个一片冰心在玉壶，打你个黄沙百战穿金甲，打你个不教胡马度阴山……诗人的喊声越来越小，最后气绝而亡，一个不世出的伟大诗人，就这样惨死于小人之手。元人辛文房《唐才子传·王昌龄》记："以刀火之际归乡里，为刺史闾丘晓所忌而杀"。

好在恶有恶报，天道好还，天网恢恢，疏而不漏，滥杀无辜的闾丘晓也没有好下场。时隔一年，时任宰相兼河南节度使的张镐，为解宋州（今河南商丘一带）之围，令闾丘晓率兵救援。他畏敌如虎，怕仗打败了"祸及于己"，故意拖延时间，贻误战机，致使宋州陷落。张镐以贻误军机罪，处死闾丘晓。《新唐书·文苑传》记：行刑时，闾丘晓露可怜相，求放他一条生路："有亲，乞贷余命"，意即家有老母需赡养。张镐一句话就把他噎了回去："王昌龄之亲，欲与谁养？"意即王昌龄之母亲又由谁来养呢？闾丘晓闻听此言，只好默然受刑。

哲人有语"人是会思想的芦苇"，言其贵在有思想，善思维；也说其脆弱无比，不堪一击。昏官闾丘晓杀了王昌龄，陈子昂死于恶吏段简之手，祢衡被悍将黄祖害死，嵇康被权臣钟会构陷而死，阿基米德死于罗马乱军刀下，普希金陨于一个宪兵队长的枪口……这些都是不可多得的文化巨匠，也都被轻而易举地掐断了脖子，而他们每个人的离世都会导致一片文明天空的坍塌。请爱惜他们吧，人才难得，巨星难再。突然想到北宋赵匡胤"不杀文人"的遗训，心里顿时觉得暖洋洋的。

1144 年后深秋的一天，福建长乐谢家诞下一个女婴，取名谢婉莹。再过了 20 年，一个叫冰心的作家崭露头角，以美丽动人的作品向先贤致敬："一片冰心在玉壶"。

今文八弊

　　70多年前，林语堂先生写过一篇杂文《今文八弊》，指陈时文八病：1、方巾作祟，猪肉熏人；2、随得随失，狗逐尾巴；3、卖洋铁罐，西仔口吻；4、文化膏药，袍笏文章；5、宽己责人，言过其行；6、烂调连篇，辞浮于理；7、桃李门墙，丫头醋劲；8、破落富户，数伪家珍。今天读来，仍很新鲜。不过，星移斗转，世事多变，今文昔文之弊大有不同，因而，在下狗尾续貂，也仿林文做一篇今文八弊，供方家一笑。

　　美文泛滥，矫情逼人。如今美文泛滥成灾，报刊争开美文专栏，阿猫阿狗尽是美文专家。不过，细读"美文"，多半苍白空虚，矫揉造作；情是硬挤出来的，文是乱凑出来的，学养不够就拼命煽情，文采不足干脆一土到底，于是，多情变成矫情，美文变成"没文"。

　　身体写作，叫卖人肉。时下文坛，"身体写作"异军突起，风光无限，"美女作家"长袖善舞，"妓女作家"一鸣惊人，"美男作家"也不甘寂寞，就连写"性爱日记"的木子美，都成了文坛一道"风景线"。正是"乱哄哄你方唱罢我登场"，其实无非是卖脸卖肉。

老气横秋，生气不足。放眼看去，报刊上充斥着老面孔、老内容、老腔调，老态龙钟，"白头宫女说玄宗"者多，"小荷才露尖尖角"的少，朝气蓬勃之文少有问世，青年作者难得出头。一个文坛，如果老人唱主角，坐主席台的、当评委的、拿大奖的，尽皆白发苍苍，那就难有什么希望，须知"少年智则国智，少年富则国富，少年强则国强，少年进步则国进步，少年雄于地球，则国雄于地球。"（梁启超《少年中国说》）乃千古真理，文坛又岂能例外？

挟洋自重，西崽口吻。文人留学出洋，本为开眼界、长见识，不意播下龙种收获跳蚤。时髦文人多食洋不化，乱搬乱抄，拉洋旗做虎皮，本是汉语写作，偏爱用外国术语唬人，还时不时夹杂几个外文单词，动不动就是"兄弟在美国时"，"在下留学牛津时"。更有那些偶有机会一出国门的作家，犹如刘姥姥进大观园，见啥都稀罕，回来后定要长篇大论写游记谈观感，无非外国月亮如何圆，女人怎样美，千篇一律，陈词滥调，倒人胃口。

乱树招牌，胡打旗帜。今文另一弊端，就是为文者喜欢标新立异，故弄玄虚。为吸引读者眼球，多赚稿费版税，你标榜"新写实主义"，他号称"后现代风格；你扯起"新实验"大旗，他高悬"后先锋"横幅；你祭起"超现实"法宝，他挥舞"新人类"幡幢。"城头变幻大王旗"，看似热闹，其实，麒麟皮一揭，露出马腿，都是相差无几的文字垃圾。

攀龙附凤，软骨缺钙。常见有些文人，无心创作，有志钻营，奔走于权贵豪门，热衷于和名人政要拉拉扯扯，吃饭合影，索要墨宝，而后精心装裱，挂在客厅，炫耀于人，以为登龙之术。或者花重金托关系，请名人显要作序，以抬高身价。偶见了名人权贵一面，受宠若惊，马上撰写吹捧文章：走近××，或××二三事。阿谀之词，溢于言表，谄媚之态，令人作呕。

自吹自擂，狂妄自大。有些文人，刚写过几篇短文，就敢在名片上印"著名作家";有两本小册子问世，便以"文化名人"自居；发几句忧国忧民短论，敢称自己是中国的托尔斯泰；胡乱编些长短句，则欣欣然以"东方泰戈尔"面世；至于"一不留神就是一部《红楼梦》，至少也是中国一《飘》"，早已成了文人吹牛的经典名言。

党同伐异，拉帮结派。是自己圈子里的，就拼命吹捧，乱送高帽；不是自己山头的，就恨不得一棍子打死，"酷评"刀刀见血，一个也不放过，鸡蛋里硬是能挑你一堆骨头；"恶攻"专打痛处，揭隐私造谣言，无所不用其极。

今文八弊，概括未见准确，愿收抛砖引玉之效，引发讨论，以共除时弊，振兴文坛。

杂文当学东方朔

东方朔其人，司马迁说他是"滑稽之雄"，文坛定位他是辞赋家、文学家。然而，观其言行，我看他更像个杂文家，准确地说，是个"进谏杂文家"。

他的主子是汉武帝，那可不是个好伺候的主，雄猜暴躁，刻薄寡恩，一言不对就翻脸不认人，司马迁就吃了这个亏，仅为李陵说了几句公道话，就被施以宫刑，创深剧痛。而东方朔与汉武帝相处长达40年，用各种"行为杂文"批评规劝他多次，有的意见还很尖锐，讽喻力度很大，但却能与汉武帝相安无事，并全身而退，他的进谏之道，讽刺之技，自保之术，都是值得后世杂文家仰慕心仪并效法的。

学学他的勇而有谋，寓教于讽。作杂文，是勇敢人的事业，软骨头干不了，胆小鬼靠边站。东方朔是个颇有胆识的人，他反对汉武帝修与民争利的上林苑，他提醒汉武帝"远巧佞，退谗言"，他阻止汉武帝斗鸡走狗、游猎踢球，都是逆龙鳞极危险的事。但勇敢还要有智谋，敢讽喻还要善讽喻，东方朔就深谙其中之道。

汉武帝的妹妹隆虑公主老来得子，封昭平君，深得武帝宠爱，但他却骄横不法，酒后杀人，廷尉不敢依法治罪，特向武帝请示。武帝碍于法律，不好明令赦免。于是假意哭泣，想暗示廷尉免罪。左右大臣都看出了皇帝用意，纷纷为昭平君求情，独东方朔故作糊涂，向汉武帝祝颂说："圣王执政，奖赏不避仇敌，诛杀不择骨肉。今圣上严明，天下幸甚！"捧中有讽，颂中有喻，使汉武帝进退不得，难徇私情，不得不忍痛依法惩处了昭平君。敢进谏是勇，善讽喻是谋，能见效为智，智、勇、谋齐全的杂文家当为世间一流。

学学他的语言诙谐，擅长说理。语言诙谐幽默是杂文的特质，长于说理是杂文的魂魄，博学多识是杂文的基础，这三样东方朔尽皆精通，且运用纯熟，常显身手。汉武帝缺乏自知之明，好大喜功，也喜欢臣下歌功颂德。一次，武帝问东方朔："先生以为朕是个什么样的君主呢？"东方朔不假思索，随口回答说："圣上功德，超过三皇五帝，要不众多贤人怎么都辅佐您呢，譬如周公旦、邵公都来做丞相，孔丘来做御史大夫，姜子牙来做大将军……"东方朔一口气将古代32个治世能臣都说成了汉武帝的大臣。他语带讽刺，皮里阳秋，但又装出一幅滑稽相，使汉武帝欲恨不能，哭笑不得，笑恨之余，想想又确实感到自己不如圣王，于是，老老实实被东方朔上了一次课，许久不敢再出狂言。

学学他的善于自保，全身而退。古往今来，杂文家都是不大受欢迎的，毕竟这是挑刺找毛病的职业，逆耳之言，讽刺之语，喜欢听者历来寥寥，所以，杂文家以文贾祸者颇多，而批评汉武帝一辈子的东方朔却能自保无虞，实为奇迹。既要批评、讽喻汉武帝，使他更弦易辙，还要照顾他的脸面，不能使他恼羞成怒，张口咬人，难度之大可想而知，然而深知"伴君如伴虎"的东方朔做到了。

他"观察颜色，直言切谏"，把握好进谏火候，看准讽喻时机，找好批评的切口，说话注意分寸，有理有利有节；他从不学祢衡击鼓骂曹，开言必讲策略，不学许褚赤膊上阵，上阵必披甲胄，也不学魏征直言不讳，而是旁敲侧击，语带双关，引而不发，于谈笑取乐中启人省悟，于滑稽多智中消弭弊端。这不是要杂文家当缩头乌龟，而是要保护自己，从长计议，像东方朔那样健健康康须发无损地搞"进谏杂文"40年甚至更长，岂不更好。

当然，东方朔可学之处颇多，他的忠诚敬业，他的赤子之心，他的好学勤奋，他的机智敏捷，他的以天下为己任，他的不流世俗，不争势利，都是今日杂文家当效法借鉴之处。

偶尔露峥嵘

人海茫茫，人生漫漫，当以何面目出现，何姿态处世，是大有讲究的。如不因人废言，我比较欣赏"偶尔露峥嵘"的意境。

峥嵘，原意为山势高峻，后引申为人的锋芒、才华、实力、手段等。一个真正有底蕴的人，不会始终锋芒毕露、咄咄逼人。就像狮、虎猛兽，并不会老是张牙舞爪，而是经常慵懒地卧在草地上养精蓄锐，时机成熟时才猛然出击，如同霹雳闪电，一击便置对手于死地。

街头巷尾，那些动不动就舞枪弄棒，欺老凌幼的流氓，多半是刚学得三招两式的小混混，无非《水浒》里镇关西、牛二之类。而真正武功高强的大侠，决不轻易出手，遇到挑衅，能忍则忍。当然，忍无可忍时，那就"该出手时就出手"，一露"峥嵘"，就要打他个日月无光，天翻地覆，如同林冲、杨志、卢俊义。

时下，影视谍战片最热闹。在谍战片里，活跃的都是一般特工，无论暗杀、爆破、窃密、策反，或是传递情报，都是他们干的。而真正重要的特工头头，不到最关键、最危急的时刻，是不会轻易露面的。还有一种资深特工，潜伏时间长，位置重要，不到万不得已不去激活，但他要一露"峥嵘"，就必定会扭转局势，挽狂澜于既倒。

一个有作为的作家，不可能三天两头去演讲、作秀，炫耀自己，他悄悄地蛰伏，默默地积累，耐心地等待，突然有一天，大家发现，他又奉献出一本令人吃惊的新作。作家张炜，20年卧薪尝胆，没有动静，似乎人间蒸发了。可偶尔一露"峥嵘"，就捧出450万字的巨著《你在高原》，毫无悬念地摘取了茅盾文学奖的桂冠。

科学家也是如此。杂交水稻之父袁隆平，低调朴实，平素不喜宣传，远离媒体，给人印象他似乎淡出了，毕竟已是耄耋之年，早该含饴弄孙了。可是，他一露"峥嵘"，就给世人带来巨大惊喜，他研制的"Y两优2号"百亩超级杂交稻试验田，经专家组验收，平均亩产926.6公斤，登上了世界杂交水稻史上迄今尚无人登临的一个高峰。为了这一天的到来，他宵衣旰食，殚精竭虑，用了整整7年时间。

"峥嵘"，是一种巨大能量的显示，而能量守恒定律谁也不能例外，一次"峥嵘"，需要长时期的积累、沉淀、充电。如果一个人天天都处于"峥嵘"状态，那就是虚张声势，色厉内荏，自欺欺人而已。所以，一个经常出头露面、炒作作秀的作家，不可能拿出什么像样的作品；一个到处去当评委、权威、坐主席台的科学家，不可能搞出什么有价值的科研成果；一个总是沉溺于视察、剪彩、作指示、上电视的官员，不可能带来什么改变面貌的政绩；一个终日耀武扬威、夸夸其谈的将军，打败仗的概率则要高得多，就像赵括、马谡。

"偶尔露峥嵘"，玄机在"偶尔"，即合适时机。露得早了，不起作用，露得晚了，错失时机，要在最该露的时候再露。毛遂一露，有了扭转战局的楚、赵合纵；王勃一露，有了传世极品《滕王阁序》，都成为千古美谈。

"偶尔露峥嵘"，关键是"峥嵘"，即你得真有本事、有才能、有手段、有实力。若果确有"峥嵘",不在这里露,也会在那里露,此时不露彼时也会露。韩信在项羽那里没机会,就到刘邦这边大"露峥嵘",十路埋伏要了霸王的小命;蔡锷在北京难"露峥嵘",就到云南扯旗造反,把袁世凯拉下帝座。

秦少游诗云:"金风玉露一相逢,便胜却人间无数。"天天相逢就索然无味。"峥嵘"亦如此,不可轻露,平时深不可测,大智若愚,偶尔一露就能满堂喝彩,扭转乾坤,这样的人,才是真正的智者、强者。诚如纪晓岚所言:"天地鬼神,恒于一事偶露其巧。"

也说"伸脚"

明末作家张岱在《夜航船》序里讲了一个故事：昔有一僧人，与一士子同宿夜航船。士子高谈阔论，僧畏慑，蜷足而寝。后来，僧人听其语有破绽，乃曰："请问相公，澹台灭明是一个人，两个人？"士子曰："是两个人。"僧曰："这等尧舜是一个人，两个人？"士子曰："自然是一个人！"僧乃笑曰："这等说起来，且等小僧伸伸脚。"接着张岱说："余所记载，皆眼前极肤浅之事，吾辈聊且记取，但勿使僧人伸脚则可已矣。故即命其名曰《夜航船》。"

张岱为了不让"僧人伸脚"，不让士子文人出丑，在常识问题上露怯，精心写作了《夜航船》。这是一部小型百科辞书，分门别类，众采经史子集资料，上至天文，下至地理，三教九流，诸子百家，人伦政事，礼乐科举，草木花卉，鬼神怪异等等，共计二十大类，四千多条目。其中许多文史典故，异闻轶事，文物掌故，风俗民情等小条目都是可读性极强的小品文，不唯有趣，还相当有味。受张岱影响，还有人编了《龙文鞭影》《幼学琼林》等，都是常识普及读本，简明扼要，颇受欢迎。

这类书在今天也不无意义，因为，当下仍有许多高士名流因文史常识缺乏，经常闹出笑话，尴尬难堪，不得不把伸出的脚缩回来。譬如教授余秋雨把"致仕"说成升官。作家刘心武把黄庭坚诗《寄黄几复》中的"江湖夜雨十年灯"当成自己的名句。人大前校长在欢迎致词时用错典故，误将诗经中的"七月流火"引申为"天很热"。清华大学前校长向宋楚瑜赠送作品《赠梁任父同年》，将其中一句"瓠离分裂力谁任"中的"瓠"读为"瓜"音。陈水扁则赞扬台湾义工有很多"罄竹难书，非常感人的成功故事。"都曾贻笑大方，"伸脚"不成，反受其辱，教训可谓深矣。

有鉴于此，当代文史大家金性尧模仿《夜航船》写了本《伸脚录》，也是为了普及文史常识。涉及面很广，写了从古至今，从文学到历史，从人到事等78个较为独立的事件。有伯夷、孔子、秦始皇、荆轲、关羽；还有昭君、小乔、杨妃、梅妃、及慈禧、曾国夫人；有贺知章、李东阳、蒲松龄、鲁迅等等，史料翔实，考证精当。并顺便在后记中指出了张岱《夜航船》里一二小疵，也"伸了伸脚"。读来既长见识，也使人为作者的博学而惊叹。

学无止境，天外有天。做学问固不容易，卖弄学问更要谨慎，如果没有真才实学，常识学养欠缺，最好闭嘴低调，藏拙遮丑。倘若需要写作、演讲、发言、致辞，那么，最好做足案头准备，弄不懂的词，查查《辞海》，念不准的字，翻翻《字典》，把握不好的典故，问问高人，记不清的史料，找找权威出处。免得张冠李戴，信口雌黄，看人"伸脚"。

1915年春，"学者"王敬文求职，四川民政厅长金利容见他夸夸其谈，昂然"伸脚"，似乎无所不知，就安排他到涪州任知州。他接过委令一看，便趾高气扬地说："陪州知州王敬文，愿效犬马之劳！"金见其将"涪"读作"陪"，大吃一惊！提醒王："请看清楚是什么州。"王将委令重看一遍："哦，倍州！"众人哄堂大笑。厅长幽默地说道："你目不识涪，怎能糊糊涂涂去做官？"又说："鄙人贱名利容，望兄台不要认成'刺客'！"王敬文羞愧难当，只好辞官了事。

看来，无知少识，不光事涉"伸脚"，还可能会丢官，不可不慎也。

名著·名篇·名句

中国是个历史悠久的文化大国，历史典籍浩如烟海，文化著述多似恒河沙数，但真正构筑起民族文化精神内核的，在我看来，其实主要也不过就是那么十多部名著，几十篇名篇，几百句名句。名著多由名篇组成，而名篇则必有名句，没有名篇的名著是立不起来的，没有名句的名篇也是站不住脚的。

先说名著，名著的特点是博大精深，体系严密，影响深远。学术经典《易经》《春秋》《论语》《孟子》《老子》，文学四大名著，《史记》《资治通鉴》等史家的几本镇山之宝，都在此列。以司马迁的《史记》为例，鲁迅先生评价说是"无韵之离骚，史家之绝唱"，一点也不算夸张。煌煌《史记》"究天人之际，通古今之变，成一家之言"，熠熠生辉，生动隽永，至今读来仍满颊生香，堪称风华绝代。很多人都对商鞅变法、荆轲刺秦、卧薪尝胆、将相和、搜孤救孤、鸿门宴那些故事如数家珍，娓娓道来，那就要拜《史记》所赐。

再说名篇，既有出自名著里的节选，也有单独成篇的，其特点是文采斐然，思想深邃，故事生动，议论高远。单独成篇的，有《报任安书》《过秦论》《陈情表》《出师表》《两都赋》《滕王阁序》《岳阳楼记》《前后赤壁赋》《少年中国说》《革命军》《林觉民与妻书》等。选自名著的，则有《秋水》《曹刿论战》《完璧归赵》《大闹天宫》《三打白骨精》《林冲夜奔》《武松打虎》《赤壁之战》《元春省亲》等，或情节曲折，跌宕起伏；或高论惊人，引领潮流；或石破天惊，妙语连珠，可谓美不胜收。

至于名句，和大众结合最密，使用最繁，影响也最大。即是贩夫走卒、引车卖浆者流，嘴边也常会挂上几句，用以教子课徒。名句特点是言简意赅，掷地有声，朗朗上口，豪气干云。用得好时，确实可以"一句顶一万句"。陈胜、吴广起义，一句"王侯将相宁有种乎？"当时使得多少奴隶心雄胆壮，揭竿而起，要了秦王朝的小命，如今还在激励我们敢想敢干，冲破藩篱，建功立业。遇到挫折、怀才不遇时，一句"天生我材必有用"，则可以鼓励自己"不放弃、不抛弃"，冲出困境，走向坦途。而文天祥的"人生自古谁无死，留取丹心照汗青"，更是激励了历朝历代不知多少志士仁人，为国家民族、社稷江山冲锋陷阵、赴汤蹈火，不避斧钺，慷慨赴死，成了顶天立地的民族脊梁，书写了一曲曲震古烁今的正气歌。

古人是很推崇"立言"的。《左传》记："大上有立德，其次有立功，其次有立言，虽久不废，此之谓不朽。"从某种意义上来说，一个民族的历史文化就是由那些名著、名篇、名句组成的，先人没有蹉跎岁月，碌碌无为，给后人留下了许多内容丰富、视野开阔、思维精绝的文化作品，满足着我们的精神需要。

作为今人，当有两个任务，一是要发扬光大、用好用活那些古人留下的、承载着民族思想和智慧的名著、名篇、名句；二是要努力创作出与今天时代合拍的名著、名篇、名句，填补历史文化空白。第一个任务是对全体公民而言，个个受益，人人有责；第二个任务则主要是对那些文化工作者而言，使命神圣，任重道远，但又是无法推辞的，绝不能交白卷，也不能不及格，否则我们会上愧祖先，下疚子孙的。

诗人闻一多曾有经验之谈："痛饮酒，熟读《离骚》，乃可成名士！"咱倒不奢望成名士，但常读名著，赏名篇，记名句，对于我们继承民族文化，发扬民族精神，自强不息，奋发有为，做一个合格的中国人还是大有裨益的。

别具一格的"丘八诗"

"兵"字上下拆开分成"丘""八"二字,"丘八诗"即兵所作的诗。最早提出"丘八诗"的是冯玉祥,他一生写诗 1400 首,自称"丘八诗人",所写的诗为"丘八诗"。冯说:"我的诗,粗且俗,和雅人们的雅诗不敢相提并论,因此,只好叫作丘八诗"。周恩来曾对冯玉祥的丘八诗作了高度评价:"丘八诗体为先生所倡,兴会所至,嬉笑怒骂,都成文章"。

"丘八诗",虽为冯玉祥所倡,其实一向都有的,如果准确定义,"丘八诗"当为粗通文字的军人写的类似顺口溜的诗。毕竟军中还有不少能诗善文的儒将,如范仲淹、辛弃疾、岳武穆、文天祥等,其作品也是高雅至极的。

最著名的"丘八诗",当属刘邦的《大风歌》:"大风起兮云飞扬,威加海内兮归故乡,安得猛士兮守四方。"粗犷有力,大气磅礴,堪称"丘八诗"中的上乘之作。可也有人不服气,山东督军张宗昌就做了一首《大炮歌》:"大炮开兮轰他娘,威加海内兮回家乡。数英雄兮张宗昌,安得巨鲸兮吞扶桑。"还觉得不解气,又口占一首《笑刘邦》:"听说项羽力拔山，吓得刘邦就要窜。不是俺家小张良，奶奶的早已回沛县。"

"丘八诗"多不讲技巧章法，随意性很强。"安史之乱"时，叛将史思明封其子史朝义为"怀王"。一天，史思明下令将一篮鲜樱桃赐给史朝义及其老师周至，并随口吟道："樱桃一篮子，半青一半黄，一半与怀王，一半与周至。"左右称颂："好诗！倘把'一半与怀王，一半与周至'，换一下，让'黄''王'相押韵，就更好。史思明大怒："我儿岂能屈居于周至之下！"一时称为笑谈。

当然，也有写得比较整齐、合辙押韵的。起义将领黄巢的"丘八诗"文化含量就高得多，最出名的就是那首《不第后赋菊诗》："待到秋来九月八，我花开后百花杀。冲天香阵透长安，满城尽带黄金甲。"后世诗评家张端义于诗下注道："跋扈之意，现于孩提时。加以数年，岂不为神器之大盗耶！"袁世凯在1909年写了一首《登楼》："楼小能容膝，檐高老树齐。开轩平北斗，翻觉太行低。"这首诗明明白白地道出了他身虽隐居、心雄天下的心态。这两位毕竟都是参加过科举考试的，尽管都因落第而弃文从武，于诗文上还是多少有些讲究的。

"丘八诗"虽也是言志之作，但不事雕琢、推敲，惟说得痛快就好。李自成诗《米脂起义》曰："天下贪官权贵，全都狼心狗肺。老子钢牙咬碎，操它祖宗八辈"！文字简单，近乎口语，在军中传诵一时，成了讨伐朱明王朝的檄文，号召农民造反起事的号角！清代陕甘总督杨遇春《游卧佛寺诗》，诗曰："你倒睡得好，一睡万事了。我若陪你睡，江山谁人保。"文字浅陋好笑，意思大抵不错。还有冯玉祥的《护林诗》："老冯驻徐州，大树绿油油，谁砍我的树，我砍谁的头。"言简意赅，掷地有声，让人肃然，看似诗歌，实则法令。

抗日英雄马占山，胡子司令张作霖，逃跑将军韩复榘，也都有"丘八诗"面世，各有特点，均为直抒胸臆、想到就说的不羁之物。中国是个诗歌大国，"丘八诗"在诗歌百花园里即便算不上一朵"奇葩"，至少也是一棵别具一格的小草吧。

要"黄金甲"也要"好人"

《满城尽带黄金甲》与《三峡好人》的导演、制片之间闹得很不愉快,双方互不服气,口水乱飞,肝火颇旺。其实,平心而论,这两部片子虽然一大一小,风格迥异,但都拍得不错,各有千秋,倘若一定要分个高低优劣,非来个势不两立,既不理智也没意思,只能是两败俱伤。窃以为,争论双方应持宽容气度,有容人胸怀,既要"黄金"也要"好人",既要张艺谋,也要贾樟柯。

推而广之,世界上很多相互对立、差别很大的事,其实也都可以并行不悖,共存共荣;你走阳关道,我过独木桥,你唱《楼台会》,我演《捉放曹》。依此观点,不妨试举几例。

既要孔夫子,也要章子怡。北大教授张颐武说:"一个章子怡,比一万本孔子都有效果。所以,要像重视孔子一样重视章子怡,中国文化才会有未来。"这话乍一听很不是味儿,一个演员怎能与万世师表孔圣人相提并论?但细想想张先生的话也不无道理,普天之下,固有人钟情《论语》那样的经典,也有人喜欢《卧虎藏龙》之类俗文化,萝卜白菜各

147

有所爱，因而，要发扬光大中国文化，孔夫子与章子怡还真是"一个也不能少"啊。

既要胡适，也要鲁迅。近几年来，鲁迅地位似有所下降，而胡适人气则节节上升，这颇与媒体扬胡抑鲁的宣传有关。依我管见，这两位都是不世出的文化大师，倘用比喻来说，鲁迅是姜汤，胡适是可乐；鲁迅是药，胡适是饭；鲁迅是良医，胡适是名师，因而大可不必捧一个贬一个，而应取其所长，避其所短，以求相得益彰。

既要袁隆平，也要朱熹平。袁隆平研究的杂交水稻，每年增产上千亿斤，造福亿万中国人，居功至伟，令人景仰；朱熹平破解国际数学界"七大世纪数学难题"之一的庞加莱猜想，意义也十分重大，不仅"将有助于人类更好地研究三维空间，对物理学和工程学都将产生深远的影响"（著名数学家丘成桐语）。

既要季羡林，也要易中天。一个坚守校园，一辈子著书立说，成果累累，全身心教书育人，桃李满天下，被世人称为"国宝"；一个主动出击，走出象牙塔，借助电视媒体，搞学术平民化，历史现代化，影响之大，如日中天，被人誉为"学术超男"。二人看似花开两枝，各异其趣，但最后还是殊途同归，都在为文化传扬普及文化作贡献。

既要芭蕾舞，也要"超女"秀。芭蕾与"超女"，一雅一俗，一洋一土，都有观众，都有知音，芭蕾舞不要因为出身高贵而瞧不起"超女"秀，"超女"秀也别因为自己的"粉丝"多而看不上芭蕾舞。各种艺术都应占有一席之地，互为补充，互相借鉴，才能有流派纷呈、万紫千红的文艺大花园。

既要乒乓球，也要高尔夫。乒乓球成本低廉，条件简单，易于普及，为普罗大众所喜爱；高尔夫占地多，成本高，身价不菲，是贵族运动，乃当今富人与成功人士的新宠。这两样运动也别互相瞧着不顺眼，喜欢打乒乓球的，就抽杀拉搓大显身手，有条件打高尔夫的，就到那茵茵绿草上去挥杆击球，放松身心。

依此类推，我们既要春节，也要圣诞，爱过啥节过啥节，只要别忘了你是中国人就行；人才培养，既要研究生，也要技校生，因为尺有所短，寸有所长，大材大用，小才小用，才叫人尽其才；文艺创作，既要有宏大叙事，也要有小桥流水，既要有"大风歌"，也要有"梨花体"；服务设施建设，既要五星级，也要路边店，富人和穷人才能各取所需，各安其所；招工提干选秀纳贤，既要杨宗宝，也要穆桂英，且不说男女平等，至少是男女搭配，干活不累嘛。

和谐社会，就是要百花齐放，百家争鸣，就是要"和而不同"，求同存异。一个有张力的社会才会有活力，一个宽容的民族才最自信，一个广纳百川的国家，才会有容乃大。

从格拉斯忏悔谈起

1999 年，德国作家君特·格拉斯因其名著《铁皮鼓》而荣获诺贝尔奖文学奖，德国人为他自豪，将他视为道德的化身，心灵的依托。可是，不久后他的自传回忆录《剥洋葱》出版，书中爆出他隐瞒了 61 年的秘密：在他 17 岁时曾参加了火线党卫军。

他在《剥洋葱》中的自白说："我曾是希特勒少年队员，可说是少年纳粹"，格拉斯是在 1945 年 2 月底加入火线党卫军的。格拉斯说自己"幸运的是，没有犯下什么罪行，如果早生两三年，那就很难说了。"他参加火线党卫军后多次换防，并充任过几个礼拜的侦察兵。这完全是种玩命的差使，使他一直处于胆战心惊之中。

一石激起千层浪。格拉斯的自白，在德国掀起了轩然大波，德国近期几乎所有的媒体全都在谈论"格拉斯事件"，其"盛况"堪与他在 1999 年获得诺贝尔奖文学奖的情景相媲美。不过那时全国上下一片欢腾，而今迎面扑来的却是一片质疑、困惑、失望、批评之声。

然而，我却要为格拉斯的勇气叫好，他就是那种所谓大智大勇之人。

他的自白，使我想到了卢梭的《忏悔录》，想到了巴金的《随想录》，想到了韦君宜的《思痛录》和《编辑的忏悔》，他们都是伟大的人，但也都对自己曾有过的过失和缺憾进行过真诚的忏悔。巴金的五集《随想录》，150篇随想，几乎篇篇都是在"忏悔"自己在文革前后，如何对不起正直的文化朋友，如何当顺民，当走狗，助纣为虐。韦君宜也十分痛心地说："我有罪过，而且没有别的改正做法了。十年内乱，自己受的苦自然有，也应该把自己的忏悔拿出来给人看看，不必那么掩饰吧。"如今，格拉斯也昂然站到他们的行列中了，我为他感到骄傲。

本来，他完全可以把这一段无人知道的历史带入坟墓，以一个道德完人的形象活在德国人民心中，我想，如果绝大多数人遇到这种情况大概都会这样去做的。可是，格拉斯不肯，他冒着"身败名裂"的危险，冒着千夫所指的危险，毅然说出隐瞒了61年的污点，听凭世人评说，这是需要有巨大勇气和决心的。

想想我们国内，那些在文革打砸抢中表现骁勇的干将，那些在十年浩劫中颠倒黑白的笔杆子，有几个曾进行过认真的反思和忏悔？有的至今还遮遮掩掩，拒不承认有过这段历史，更谈不上对于自身的灵魂和良知的拷问，包括某些名流。有的甚至还在字里行间不无炫耀地宣称"我是红卫兵，我不忏悔"，《我不忏悔——一个红卫兵司令的自白》。相比之下，格拉斯是巨人，他们是侏儒；格拉斯是一座高山，他们是一抔黄土。

孔夫子说："朝闻道，夕死可矣。"格拉斯的自我解剖，其实也是一种悟道，他已经78岁高龄了，去日无多，如果不抓紧时间，真有可能把一种"负罪感"带进棺材，所以，能在生命的暮年，把一个真实的我交给社会，交给观众，这也是他的幸运。时下，名人写回忆录的很多，但大多都是只讲自己的光荣辉煌一面，不讲或少讲自己的错误过失，特别是那些鲜为人知的污点，更是讳莫如深，读他们的回忆录就如同读功劳簿，不读也罢。

忏悔，是人类的一种求真、求善、求美的内在心理活动和自我约束机制，是一种灵魂高尚的表现，只有敢于正视自己的内心和反思自己的人才可能做到。从卢梭到巴金到韦君宜，无不如此，如今又站出了一个大无畏的格拉斯。我们应当向他们衷心致敬，同时也期待着那些早就该忏悔的人也能勇敢地站出来说：我忏悔！

第五辑　疏影横斜

森林氧吧

　　河南嵩县白云山，是著名旅游胜地，被誉为"水在空中挂，云在山间飘，鸟在林间鸣，人在画中游"。近十年来，我和妻子每年夏天都要去住上半个月。吸引我的，不是鬼斧神工的九龙瀑布，不是波诡云谲的玉皇顶云海，不是风光旖旎的白云湖，也不是香火旺盛的留侯祠，而是养生胜地森林氧吧。

　　白云山森林氧吧占地 8 万多平方米，松林蔽日，旱莲铺地，溪水潺潺，鸟鸣啾啾，堪称"人间仙境"。当然，最值得称道的是，氧吧一亩松林每天能产生 49 千克氧气，空气中负氧离子含量每立方厘米达到 8796 个，是城市公共场所的 3650 倍，是一般住室的 1450 倍。数字是枯燥的，感觉却是真实而具体的。我由于血管供血不足，每天下午都要头晕两三个小时，可在森林氧吧，头从来没晕过；我的过敏性鼻炎，稍有异常气味就要发作，在这里也没有犯过，这都是我钟情这里的重要原因。

　　我们的安排是这样的，每天上午往东到芦花谷，一路步行，沿着溪水走到黑龙潭、黄龙井、珍珠潭，一路上赏花、观鱼、看景、聊天，优哉游哉，大约需要两个半小时，然后乘车回宾馆休息。下午，则雷打不动往西去森林氧吧，步行需半个小时。或带本明清笔记类闲书，到氧吧小读，与古人神交；或带副围棋，到氧吧棋逢敌手，杀他个天昏地暗；或拿支钓竿，到溪边垂钓，如老翁坐定；或带上相机，拍花拍树拍松鼠拍蝴蝶，留下美丽瞬间；或什么也不带，就在氧吧走来走去，累了就坐在石凳上发发呆，听听优雅的音乐。

氧吧还有一处人文景致：路两边立有近百处石刻，都是当代著名作家、诗人、评论家的手迹，景区曾把这些文坛巨擘请来，尽情游览，并请他们一一留下墨宝，然后镌刻立石，竖在路旁，供游人赏玩。启功老人写下"人间仙境白云山"，穆青题词"白云天下秀"，周大新留笔"醉月听花"，贾平凹则赋诗一首："人与树皆客，石依泉得朋。远岫澹以抹，空崖高若崩。浮华徒落叶，真隐见谁能？"禅味极浓，再配上他那浑厚敦实苍劲朴茂的独特字体，令人赞叹不绝。此外，王蒙、莫言、王朔、张洁、张抗抗、王安忆、阎连科、刘震云、李国文、牛汉等著名文人，都不吝对白云山赞美之词，且字也各具风格，或遒劲老到，或清新明快，让人忘情欣赏，流连忘返。

每天下午，都能在氧吧深处的石桌上看到一对老者在对弈，楚河汉界杀得不可开交。每转到这里，我都要看上几盘，慢慢的，老人也都认识我了。聊起天来，原来这是一个来自北京一个来自武汉的棋友，他们都已退休，酷爱下棋，原来经常在网上对弈，熟悉之后，就相邀到处于两个城市距离各一半的白云山的森林氧吧来下棋兼避暑。他们带着老伴，已经在这里住了十多天，每天上午四处旅游，下午到氧吧下棋，其乐融融，如同神仙，真有些乐不思蜀了。

由于山高林密水多草茂，这里气温比山下平均要低十几度，盛夏最热时也不过二十四五度，早晚还要穿长衣长裤。比较夸张的是，旅店的床铺居然还配有电热毯，同行的一位女大夫，就说自己每晚睡觉前要开上半小时电热毯，要不然就觉得冷。在森林氧吧里，年轻人穿件 T 恤正好，中老年人多是长衣裤，还有些体弱老人穿着羊绒衫，他们可能忘记了，山下正赤日炎炎，酷暑难熬，城市里还时有因使用空调过多过于集中而断电的烦恼。

　　离氧吧约一箭之地，就是大名鼎鼎的留侯祠。想那张良，不仅打仗"运筹帷幄，决胜千里之外"，就是隐居养生，也比常人要高明、超前许多，2000 多年前就发现了这块风水宝地，真乃世外高人啊！

在丽江发呆

短短一周的丽江古城之游，让我大饱眼福，收获多多：美景、美食、美风俗、美音乐，果然是美不胜收。但留给我印象最深刻的就是一个词：发发呆。

四月初的丽江，春意正浓，很多年轻人已穿起T恤，上面写得最多的几个字就是"发发呆"。我住的"天上人间"客栈，有一个三十多岁的客人，来自北京，在这里已住了半个多月。他每天上午出去旅游，下午两三点钟回来，就坐在院子里发呆，端一杯咖啡，慵懒地把身子扔在椅子上，傻傻地坐着，不言不语，甚至眼珠都不转一下，就这样一坐几个小时。与他交谈，他说自己是一家外企的白领，积了二十多天假期，就是到这里发发呆，释放一下工作中的压力，忘记世俗的烦恼。半个月下来，他去了玉龙雪山，泸沽湖，茶马古道，虎跳峡，黑龙潭，回到客栈便发发呆，一张一弛，这种日子就像神仙一样。

在古城里闲逛，一条街一条街转下来，我发现丽江古城的临街房子基本上有三类，最多是商铺，有传统的银制品，还有服装、皮件、工艺品等；再就是饭庄、茶馆、咖啡店、酒吧；还有就是各种各样的客栈，大都是民居改造的，面积不大，但设备齐全，价钱也不贵。许多商家的招徕用语就是"请进来发发呆。"于是，经常可以看到，酒吧里，一个人或几个人坐在那里，也不言语，端一杯酒，很迟钝的样子，也不知在想什么。入夜，古城最热闹的四方街广场，游人和当地哈尼族群众围着熊熊篝火载歌载舞，酒吧一条街的大小酒吧里响起劲歌，震耳欲聋。但在广场不远的小巷子里，也有人坐在椅子上或石头台阶上，默默地望着夜幕中的繁星发呆，这里有着内地绝看不到的如洗碧空和宝石一样的星星。

一天，从茶马古道回来，已下午四点，我登上古城的最高点望花楼，在一家茶社前驻足，门口招牌上写着："喝杯茶，发发呆，远眺玉龙雪山，人间至乐也。"进得门来，我要一杯茶，坐在临窗的桌子旁，望着远方的雪山，心里顿觉澄澈清透，有飘飘欲仙之感。这里空气清新，春风习习，居高临下，视野开阔，可以俯瞰古城全貌，亦可远观在阳光下闪闪发亮的玉龙雪山。我在这里足足呆了一个多小时，起身时，看到在我之前来的几个茶客还没有动身的意思，个个如老僧坐定，面无表情，看来我发呆的功力还没入门啊。

丽江的老外颇多，大都是一家子来的。一向风风火火、大步流星的老外，在这里也入乡随俗，开始慢下来，静下来，细细地享受生活。在步行街，看到一对年轻老外购物，穿着黑色情侣装，上写几个汉字"发呆就是生活"。在七一街，我进了一家"梦乡"酒吧，是个英国老外开的。五年前，他就是因为来丽江旅游爱上了这里，干脆不走了，还娶了个丽江姑娘，生了个漂亮的混血女儿，一家三口悠闲地在门口躺椅上晒太阳。店内有两个客人则在幽暗的酒吧里发呆，老式唱机在一遍遍地重复播放着莫扎特的 G 大调小夜曲，旋律温柔恬静，犹如轻舟荡漾，充满了绵绵情思。

我顺手翻翻酒吧架子上的杂志，其中一篇文章的题目就是《在丽江的阳光里发发呆》，文中说，如今的时尚潮流，不是喝星巴克，吃哈根达斯，逛宜家；不是读村上春树，看岩井俊二；不是穿棉布衣服，拎 LV 包，而是在马尔代夫的蔚蓝天下发发呆，在香格里拉的树荫下发发呆，在丽江街角的阳光里发发呆，最不济，也是在家门口的街心公园里发发呆。

发发呆，这个谁都会，无须成本，不必培训，犹如享用江上清风，山间明月。这个潮流我跟定了——当然，去马尔代夫除外。

恩师

一个毕业学生来信称我为恩师，我赶忙回信声明，我虽教过你，但顶多在学业上对你有所帮助，还远谈不上恩师，只能是业师。所谓恩师，在我看来，对学生当起到五个作用：学业上指教，思想上启迪，事业上提携，经济上资助，生活上关心。至少要满足其中三条标准，才可称为恩师；如果五条都达标，那肯定是一流恩师。一个人可以有很多老师，但恩师或许就那么一二位。

教过毛泽东的老师很多，但真正称得上恩师的则只有杨昌济。杨昌济是著名伦理学家，学识渊博，慧眼识珠，对毛泽东格外器重，评价他为"资质俊秀若此，殊为难得"，自己则"强避桃源作太古，欲栽大木拄长天"。他对青年毛泽东，授业上不遗余力，思想上润物无声，生活上关心备至，经济上倾力资助，事业上为他引路，还把爱女杨开慧嫁给毛泽东，堪称超一流恩师。毛泽东日后称杨昌济是"给我印象最深的教师"，"一个道德高尚的人"。

李叔同是音乐家刘质平的恩师。1912 年，刘质平在浙江第一师范求学，深受老师李叔同喜爱，来往密切。刘质平毕业后，李叔同又资助他去日本留学，后来，李叔同决意出家，家庭和事业都放下了，唯独担心影响刘质平学业，想借1000块银元帮助他完成学业，如借不到钱，他愿意再工作一段时间，等筹齐这笔钱后再出家。后来，又把自己价值连城的书法精品全部交给刘质平，嘱他困难时可以变现。有了这种情谊，刘质平称他与李叔同"名虽师生，情胜父子"，一点也不夸张。

鬼谷子是孙膑恩师，曾国藩是李鸿章恩师，徐悲鸿是傅抱石恩师，鲁迅是萧红的恩师，吴宓是钱钟书恩师，叶企孙是王淦昌恩师，冯卡门是钱学森的恩师，陈仪是汤恩伯恩师，马三立是常宝华恩师，周德山是马三立恩师，赵本山是小沈阳恩师，金铁霖是宋祖英恩师，李秋平是姚明恩师，孙海平是刘翔恩师……这一长串名单，有古有今，有文有武，都是功成名就的一时名流。如果没有恩师教导、提携、资助、关心，他们不能说绝对不会出人头地，但路途肯定会特别艰辛，代价也会超乎寻常，胎死腹中的可能性极大。

恩师对学生，那是没得说，视同儿女，掏心窝子的好，要啥给啥，呕心沥血，要不也不能叫恩师啊。可学生对恩师，那就大不一样了，有的视同父辈，终生报答，有的则视同路人，不管不问，有的甚至反目为仇，忘恩负义。

相声大师马三立先生，大家都很喜欢他，不光是因为他的相声，还有他的美德。他的恩师周德山，无儿无女，平时，马三立常去看望老师，问寒问暖，时有孝敬。周德山老了，马三立就把他接来家里养老，好吃好喝，一天三遍问候，演出回来，必先到老师屋里问安，送上老师喜欢的点心。最后，热热闹闹为老师送终。亲儿子也不过如此吧，周德山遇到这样一个学生，真是三生有幸。

也有不是东西、忘恩负义的学生。陈仪是汤恩伯恩师，早年，陈仪在汤走投无路时收留了他，并送往日本留学。汤学成回国，又是陈仪为他联系工作，对他悉心培养，使他青云直上。可以说，两人"亲如父子"。1949年，陈仪策动汤起义，不干也就罢了，他居然卖师求荣，向蒋介石出卖恩师，使陈仪惨遭杀害。陈仪死后，汤恩伯名声扫地，朋友纷纷绝交，他也无颜见人，落落寡合，没几年就病死了。养了个白眼狼，算是陈仪倒霉。

恩师，是一个人生命中的贵人，授业解惑，引路助跑，解衣推食，恩同再造，是极不容易碰到的，遇上了是你的福分和机遇，一定要格外珍重。即便做不到"一日为师，终身为父"，像马三立那样仁义，也千万不要像汤恩伯那样绝情，留下千古骂名。

错觉

泰戈尔有一首名叫《错觉》的小诗。诗是这样写的：河的此岸暗自叹息："我相信，一切欢乐都在对岸。"河的彼岸一声长叹："哎，也许，幸福尽在对岸。"

此岸的"叹息"或彼岸的"长叹"，是因为都觉得自己不如意，认为"欢乐、幸福都在对岸"。这是一首颇具深意的寓言诗，诗句虽短，却揭示了世间一种普遍现象。反躬自问，其实，我们每个人几乎都生活在种种错觉中：这山望着那山高是错觉；"直把杭州作汴州"是错觉；老婆人家的好是错觉；孩子自家的好是错觉。再还有，疑人偷斧，看朱成碧，杯弓蛇影，以假乱真，草木皆兵都是错觉。

错觉，是人们观察物体时，由于物体受到形、光、色的干扰，加上人们的生理、心理原因而误认物象，会产生与实际不符的判断性的视觉误差和心理误差。

错觉，特别容易表现在情爱上。一种情况是，情人眼里出西施。热恋时，情人们坠入情网，那时会觉得自己的情人或貌比潘安，或美如天仙，无人可及，这肯定是错觉，但是一种幸福的甜蜜的错觉。再一种情况是，家花不如野花香。总觉得别的女人温柔可爱，通情达理，自家的媳妇河东狮吼，蛮横无理；别的男人体贴关爱，魅力十足，自家老公窝窝囊囊，少情无趣，于是便生出"恨不相逢未嫁时"的念头，甚至于红杏出墙。这也是错觉，既有审美疲劳的原因，也有寻求刺激的原因，这个错觉导致的结果往往都不大妙。

错觉，还表现在对自己和他人的水平能力判断上。通常这也有两种情况，一是自视甚高，刚愎自用，敝帚自珍，老子天下第一，"看自己是一朵花，看人家是豆腐渣"，最典型的就是汉朝时著名的"夜郎自大"。二是自惭形秽，觉得自己愧不如人。即便是雄才大略的曹操，也有不自信、对自己的判断发生错觉的时候。《世说新语》记，有匈奴使者来见曹操，曹操觉得自己相貌不能服众，就派崔琰装成自己，自己装成武士，在旁边替其捉刀。等会见完，派人问匈奴使者：你看魏王怎么样？使者说：魏王仪表堂堂，相貌非常，不过旁边捉刀人，才是真英雄啊！

错觉，最多的是表现在对生活现状和得失的评价上，失去和没有得到的永远是最好的。不论是人、物、名、利，只要没得到或失去了，总觉得好得不得了，朝思暮想，耿耿于怀，"此恨绵绵无绝期"。而真得到了，又会觉得平淡无奇，很快就会失去新鲜感，甚至于视如敝屣。秦王见韩非《孤愤》《五蠹》之书，曰："嗟乎，寡人得见此人，与之游，死不恨矣！"那心情多迫切，可真见到韩非后，新鲜了没几天，渐而轻视、冷落、生疑，最后居然使韩非死于牢狱。我去福州出差，主人请吃"佛跳墙"，这是一道有几百年历史的名菜，我也是早有耳闻，憾无口福。菜上了餐桌，果然是香气扑鼻，令人食欲大增。可吃了几口后，我就觉得不过如此。

于是想到刘德华的那首歌曲："一生可得到几许欢乐，幸福只偶然拾获，没法得到想要，得到不等于快乐，或许一切出于错觉，或会将所想寻获。"产生错觉，最重要的原因是，对那些身外之物期望值太高，看得太重，想得太完美，得到后才发现远不是那么回事，与想象有一定差距。而且，再美好的东西，再令人向往的事情，都不可避免会有感觉逐渐消退淡化的趋势。人非圣贤，有些这样那样的错觉，很正常，毕竟我们不会什么时候都拥有"一双慧眼"。而且，错觉未必都有害，那些小小不然的、无伤大雅的错觉，有时也会给生活增添几分色彩。关键是，在大是大非问题上，在人生紧要处，务必要心明眼亮，洞若观火，不能有任何错觉，更不能跟着错觉走，那会酿成大错的。

吃软饭

很久以前，有个有钱的老寡妇包养了一个小情人，两人有一天下馆子吃荷叶米饭，店小二问小情人："二位是吃硬点的还是吃软点的？"小情人知道老寡妇牙口不好，为讨欢心，赶紧答道："吃软饭。"于是，就有了男人靠女人生存的"吃软饭"一说。

"吃软饭"历来是被人看不起的，但依然有人乐此不疲，且振振有词：吃软饭，没本事还吃不着！这话有理。吃软饭至少要具备三个条件，一是相貌英俊，玉树临风；二是有些才艺，意趣不俗；三是善于逢迎，会哄女人高兴。也不是谁想吃就能吃着的。

大作家巴尔扎克就符合这三个条件，也是吃软饭的佼佼者。他曾在给妹妹的信中写道："看看周遭，是否能帮我物色个有笔财富的寡妇，在她面前将我夸耀一番——一个极好的小伙子，22岁，长得帅气，眼睛溜转活泼，全身充满激情！是众神曾经烹出的一道最好的丈夫的菜。"功夫不负有心人，寻寻觅觅，巴尔扎克最终成功找到一位富有的寡妇做妻子：韩斯迦伯爵夫人。她腰缠亿万，有几千个农奴和广阔的土地。

还有音乐家柴可夫斯基。他才华横溢，仪表堂堂，却贫困潦倒，一文不名，这时，遇到了贵人梅克夫人。她是一个大资本家的遗孀，拥有巨资家财，且对音乐很着迷，就给柴可夫斯基寄去了第一笔款，并决定以后每年为他提供6000卢布的资助。柴可夫斯基解决了温饱问题后，很快完成了第四交响曲和三首小提琴曲与钢琴曲的创作。印行出版的时候，梅克夫人又寄去1500法郎，而柴可夫斯基在回信中寄去的是一枝花。他跟梅克夫人说："您是世界上唯一的一个我向您要钱而不会感到害羞的人。首先，您仁慈而慷慨；其次，您有钱。"

　　导演李安，成为三次摘得奥斯卡最佳导演小金人的亚洲导演。可他刚出道时也吃了6年软饭，至今想起仍十分痛苦："我想我如果有日本丈夫的气节的话，早该切腹自杀了。"他大学毕业后，一直没能找到一份与电影有关的工作，不得不赋闲在家，靠在攻读伊利诺大学生物学博士的妻子林惠嘉的薪水度日，这一过就是6年。为了缓解内心愧疚，李安除了大量阅读、看片、埋头写剧本外，还包揽了所有的家务，负责买菜做饭带孩子。每到傍晚做完晚饭后，他就和儿子一起兴奋地等待"英勇的猎人妈妈带着猎物回家"。

　　已故作家王小波遗孀李银河也说过："小波在很长一段时间就靠我养着。对没本事的男人来说，被人说吃软饭是最大的打击，只有有本事的男人才有底气被养起来。李白吃软饭就很有一套，他先后四次结婚，都是专挑谁家的爷爷做过宰相就去做上门女婿。"

　　可见，吃软饭，从小里说能保护艺术家衣食无忧，从大里说，则能促进艺术繁荣，此类例子多多，不胜枚举。吃软饭还有很多好处。譬如可以缓解就业压力，虽然是微乎其微——如果有一百万人吃软饭那就很见效了；可以提高妇女地位，过去是"嫁汉嫁汉，穿衣吃饭"，现在颠倒过来了，妇女地位想不高都不行；可以促进消费，稳定家庭，一般来说，吃软饭的男人都不再花心，因为他没这个经济基础。

名门痞女洪晃曾一语惊人："一个没有吃软饭男人的社会，是一个不文明、没文化的社会。"这个高度一下子就拔上去了，让我们得仰着脖子看。"安心吃软饭的男人都是大人物，千万别小看吃软饭的男人，吃不上只能说明你自己不够强大。"这句话更是让我等吃不上软饭的须眉们自惭形秽，没办法呀，其貌不扬，没有才艺，不会逢迎，又不是大人物，要吃软饭等下辈子吧。

徐娘半老

　　制片人张伟平在谈到张艺谋执导的《金陵十三钗》为何全部起用新演员时说："现在的观众主体已经是 90 后了，难道还让他们看一把年纪的半老徐娘被人抓胸？"此言一出，惹怒了"半老徐娘"宋丹丹，她在网上公开反驳张伟平："你想借新戏造十三颗星，让她们代言不断为你大把赚钱可以理解，但你必须得换一招。要不是如我般徐娘半老的都对号入座，以为骂自己呢，全国女演员对艺谋的尊敬将被你殆尽，你可真帮倒忙！"

　　徐娘，原特指梁元帝萧绎的徐妃，大名徐昭佩。梁元帝一心向佛，无意女色，很少前来临幸。刚 30 岁出头的徐妃难耐寂寞，就想办法勾搭上了美少年暨季江。初时还自遮遮掩掩，后来居然公开来往，每当萧绎在龙光殿上与群臣大谈老庄之道时，也正是徐贵妃与暨季江在深宫内苑中尽情欢乐的时候。有人曾开玩笑地问暨季江："滋味如何？"暨季江毫无隐讳地回答："徐娘虽老，风韵犹存！"于是这个词便流传下来。

　　这个词很有意思，如果说是"半老徐娘"，就是贬义，说其太老了；

如果说是"徐娘半老"就是褒义，因为后边还跟着一个词叫"风韵犹存"。多少岁叫"半老徐娘"？顾名思义，如今女性人均寿命81岁，那么半老大体就是40岁左右。倘若对号入座，演艺圈里的宋丹丹、宁静、刘若英、李嘉欣、宋春丽、袁立都在此列，如今被人家很轻佻地叫为"一把年纪的半老徐娘"，怪不得宋丹丹会那么生气，为了维护她们这一代"半老徐娘"演员的声誉，不惜公开叫板。其实她还是幸运的，像刘晓庆、潘虹、吕丽萍、斯琴高娃、黄梅莹等估计连"半老徐娘"都没资格了，已进入老演员队伍。

星移斗转，岁月不饶人。再光鲜漂亮的女明星也不能青春常驻，就像现在炙手可热红得发紫的范冰冰、李冰冰、章子怡、赵薇等人，早晚也是要进入"半老徐娘"行列，继而打入"人老珠黄"另册。这也是没办法的事。"徐娘半老"不可怕，重要的是自己一定要"风韵犹存"，一是尽量保持容貌美丽，化妆也好，整容也罢。"半老徐娘"们虽不能像十八九岁那样楚楚动人，但韵味十足的成熟美，也一定会吸引导演和观众。像赵雅芝，六十多岁了，看着就像三十来岁少妇，还有导演在用她，还有不菲票房，还有大批粉丝。二是演技不断提高，以高超演技来弥补容颜的消褪。毕竟演戏是艺术，演技需要一定时间积累，不是光凭漂亮脸蛋就能胜任的。近年来在春晚亮相的影视明星可谓多矣，牛莉、韩雪、李小萌、林志玲，个个美艳亮丽，青春逼人，可演出效果谁也比不上"徐娘半老"的宋丹丹，就是最好明证。

人都会老，但美女迟暮更悲哀。好在咱中国女人善保养，皮肤又好，遗传基因过硬，比那些欧美老外同龄人要年轻得多。特别是北邻俄罗斯女性，最容易显老，年轻时个个都艳如桃李，美得不可方物，可一过三十，生了孩子，就胖得走形，风韵荡然无存，连半老徐娘都算不上，说她50岁都有人信。其实50岁也没啥可怕的，成都当年有个女诗人薛涛，年轻时就不说了，都年过50了，仍然有着非凡魅力，被当时许多男诗人视为梦中情人，连韦皋，元稹都迷得颠三倒四的。

　　"江山代有才人出，各领风骚数百年。"那些不服老的"徐娘半老"们，既然已经漂亮过了，青春过了，走红过了，风流过了，没留什么遗憾，就不要秋行春令，和90后的小姑娘们比高低了。而应笑眯眯地看着她们，为她们指点，领她们上路。当然，小姑娘们虽少年得志，也不能张狂自大，目无尊长，因为韶华难留，再过一二十年，你也是一个"半老徐娘"，而且还不一定就会"风韵犹存"。

痴情

夜读《张爱玲传》，感慨颇多，扼腕叹息。红颜薄命，才女多难，张爱玲也未能幸免。

张爱玲是痴情的。遇到胡兰成后，这个幽雅矜持的智慧女子似乎变傻了，在文中痴痴地写道："她的爱变得很低很低。""可她的内心是欢喜的，低得在尘埃里开出花来。"她和胡兰成结婚时，只要了一纸"愿使岁月静好，现世安稳"，就心满意足。后来，胡移情别恋，先找护士小周，又与范秀美同居。她却不远千里去温州寻夫，明知爱已无法挽回，还将自己辛辛苦苦的稿酬寄给远方的他。

与张爱玲齐名的"民国四大才女"之一的石评梅比她更痴情，结局也更冷凄。1923 年秋，石评梅与高君宇虽情投意合，但因为犹豫矛盾，她迟迟没有接受高君宇的爱情。1925 年 3 月，高君宇突然病逝，评梅痛悔交加。自此，她便每天以泪洗面，常在孤寂凄苦中前来高君宇墓畔，抱着墓碑悲悼泣诉。三年后，石评梅郁郁而逝。友人们根据其生前曾表示的与高君宇"生前未能相依共处，愿死后得并葬荒丘"的愿望，将其尸骨葬在君宇墓畔。

有一种看法说，中国女子痴情者多，是民族特性使然，老外的爱情来得快去得也快，不知痴情为何物，这其实也是误解。胡适的美国女友韦莲司，痴痴地爱着胡适，却发乎情止乎礼，因为她知道胡适已定了亲，不愿影响他的家庭。因为胡适，韦莲司一生未嫁，无怨无悔，说她与胡适"在灵魂上已经结婚"。而且，她一生都在保护胡适的清誉，对他念念不忘。1959年，韦莲司把房子全部租出去，为胡适建立基金会。1962年，胡适过世后，已77岁高龄的她把每一封胡适写给她的信都用打字机重新打过，全部捐给胡适纪念馆。

痴情一旦遇冷受挫，反应将会非常激烈，性情刚烈的人或会殉情，敢爱敢恨的人则选择报复，爱有多深，恨就有多深。希腊神话里，美狄亚痴迷地爱上外邦人杰森，为此，她抛却公主地位，窃走国宝金羊毛，杀死阻拦的弟弟，甘愿随夫远走他乡。然而她的痴情和牺牲最终却变成一则笑话：丈夫见异思迁，另娶柯林斯公主，以换取荣华富贵。美狄亚由爱生恨，进行恐怖报复：先是献毒衣焚杀丈夫的新欢，继而手刃两个小孩，留下一无所有悔恨交加的负心丈夫。

痴情如没有结果，有情人未成眷属，就会一直显得美好纯真，虽令人遗憾；而痴情如成了正果，有情人终成眷属，倒是很容易变质。沈从文当年追张兆和时，何其痴情，一天一封书，写了好几年，还请胡适当说客。可后来终于抱得美人归，激情归于平淡，再往后产生审美疲劳，夫妻多年貌合神离。以至于张兆和在沈从文逝世之后，对两个人的婚姻下了个结语："从文同我相处，这一生，究竟是幸福还是不幸？得不到回答。"

痴情有些像初恋，人生一般只有一次，所以，痴情一定要痴给自己最值得爱的人。虞姬将痴情献给了项羽，"你用柔情刻骨，换我豪情天纵"；朱帘秀将痴情献给了关汉卿，成就了千古名剧《窦娥冤》，也成就了"曲圣"的名山事业；燕妮的痴情献给了马克思，夫妻相濡以沫，共同建造了一座全新的理论大厦；陈意颖将痴情献给了林觉民，换来了感天动地的《与妻书》；金岳霖将痴情献给了林徽因，小心地呵护，久久地思恋，冰清玉洁，终生不悔。"宝剑赠壮士，红粉送佳人"，他们的痴情都物有所值，是痴情中不可多得的极品。

"问世间情为何物，直教人生死相许"。痴情，有水之柔，火之热，山之重，渊之深。美则美矣，但多数的结局未免凄清冷冽。因为，痴情的花是香的，叶是鲜的，根却是苦的，果是涩的。

扎龙湿地观鹤

酷暑难熬，我去北方避暑，随团前往东北旅游，第一站就是扎龙湿地看鹤。

出齐齐哈尔市往西北走，就是著名的扎龙湿地生态保护区，面积约21万公顷，1992年被列入"世界重要湿地名录"。这里有国家重点保护鸟类有35种，最为著名的是鹤类，全世界有15种，中国有9种，扎龙就有丹顶鹤、白鹤、白头鹤、白枕鹤和蓑羽鹤6种，是世界上最大的丹顶鹤栖息地，人称"鹤乡"。

车缓缓驶进保护区，透过车窗往两边看，河道纵横，湖泊沼泽星罗棋布，长着一望无际的芦苇。时不时便能见到路两旁受惊掠起的水鸟，偶尔还能看到惊慌失措的狐狸、野兔从车前跑过，就是看不到盼望已久的丹顶鹤。导游说，你们来的不是最好季节，每年四五月或八九月，约有二三百种野生珍禽云集于此，遮天蔽地，蔚为壮观，是游览此区的最佳季节。

30公里的车程走完，我们来到丹顶鹤放飞区，在这里，每天安排2

至 4 次丹顶鹤放飞表演，每次放飞丹顶鹤 20 只左右。具体时间是：上午10:10 和下午 2:30；黄金周期间以及 6 月 15 日至 8 月 31 日期间，会有两次加场，时间是上午 11:10 和下午 3:30。我们正好赶上上午的第二场。时间到了，饲养员打开鹤棚，一大群丹顶鹤便急不可耐地冲了出来，跑了几步就飞上蓝天，优美的身影画在蓝天白云间，鹤唳声此起彼伏，游客们大呼过瘾，纷纷拿出长枪短炮拍照。鹤在空中飞翔了大约二十分钟，撒欢嬉戏，或优雅盘旋，或展翅高飞，然后就不约而同地落在了离人群二十来米的沙滩上。饲养员拎着装满鱼虾的小桶，把一条条鱼虾扔在地上，由丹顶鹤们啄吃争抢，煞是热闹。

有大胆游客试图靠近丹顶鹤，马上被饲养员喝退，指着"禁止与鹤接触"的牌子说，危险！导游说，她去年带团的一个广东游客，趁人不防，摸了一下丹顶鹤的尾巴，没想到丹顶鹤回头就是一口，把他的胳膊啄了一个血洞，好吓人啊！

我和饲养员聊天，他说这些放飞的丹顶鹤都是人工孵化、从小驯养的。野生丹顶鹤每年三四月份下两个蛋，黄昏时分，饲养员悄悄划着小船靠近鸟巢，一个人装狼叫，吓飞丹顶鹤，另一个人去偷蛋，每次偷一个，留一个。如果鹤发现少了一个蛋，就会再下一个蛋。偷蛋时，不能乱摸，偷哪个就不能动另一个，否则，蛋上留了人的气味，鹤就会把蛋啄破吃掉。这些人工孵化出来的丹顶鹤，从小接受驯化，很听话，当然，生活自理能力也很差，就是随便让它飞它也飞不走了，到了外边可能会饿死。说话间，放飞截止时间到了，饲养员一吹哨子，鹤群就乖乖地飞回鹤棚。

看完放飞，我们坐着小船在湖里游玩。船工说，如果运气好，你们或许会看到野生丹顶鹤。小船在芦苇荡里转来转去，只有一些不知名的水鸟惊叫着飞起，就是见不到鹤的身影。当我们快要失去信心时，船工突然摆摆手，让大家不要说话，指着百米开外的沙滩说，看，那有一家三口。果然，我们看到了两只大鹤带着一只小鹤散步的优雅身影。船工把船慢慢驶近，大约有三四十米时，鹤发现了我们，迅速钻进了芦苇荡，再也不肯露面了。

老实话说，没看到想象中鹤群遮天蔽地的壮观景象，我多少若有所失，但徜徉在扎龙自然保护区，看着湖水青青，芦苇无边，野花飘香，草地翠绿，鸟鸣兽走，呼吸着湿润清新的空气，也是十分惬意的，一种回归大自然的感觉油然而生。

美哉，嵩阳古柏

　　我酷爱旅游，最大愿望就是在有生之年周游世界，但也并非对所有的景点都有兴趣，我钟情的名胜古迹一定要有古树，因为庙宇、房舍、佛像、遗址什么的，是可以反复修盖的，只要有钱，那些标明几百上千年的建筑，完全可能是刚刚修建好的，反正现代技术能修旧如旧，以假乱真。而古树就不一样了，几十年的树和几百年的树，一看就知，那是无论如何作不了假的。

　　所以，每去旅游，我最关心的是景点有无古树，树龄如何，何人所栽，有何典故。总要和古树来个亲密合影，以志纪念。没有古树的景点，修得再漂亮，再宏伟，在我眼中也不过像个"暴发户"，没有底蕴，没有意境，没有生气，一点也不值得留恋。而有了古树，景点就有生命了，就活起来了，古树就是名胜古迹的最好证明信。

　　在山东曲阜，我流连于古树参天的孔林，遥想圣人当年；在陕西黄帝陵，我抚摸"黄帝手植柏"，发思古之幽情；在西藏林芝，我向一棵号称"世界柏树王"、树身上缠挂着五色经幡和哈达的神树顶礼膜拜，祈求平安；在台湾阿里山，我仰望一棵高凌云霄、被称为"周公桧"的神木，期盼两岸早日团聚；在安徽金城，我在那棵据说使得西晋大将桓温泫然流泪、大发感慨的古树前驻足，反复吟诵着他那句名言"树犹如此，人何以堪！"

不过，使我最为震惊也最感兴趣的还是河南登封嵩阳书院的两棵千年古柏，因为其恰好符合我的审美情趣：有美好形象，有悠久历史，有动人典故。

嵩阳书院，创建于484年（北魏太和八年），位于登封市城北3公里峻极峰下，因坐落于嵩山之阳，故名，是宋代四大书院之一。嵩阳书院建制古朴雅致，中轴线上的主要建筑有5进，廊庑俱全。程颢、程颐、朱熹、司马光、范仲淹都曾在此讲学，弘扬儒家思想。司马光的巨著《资治通鉴》的一部分就是在嵩阳书院撰写的。

当然，我觉得最为壮观的还是书院中的两棵古柏。历代文人骚客吟诵这两棵古柏的诗句不可胜数，各有千秋，尤以诗人李观兴诗最为精练且传神："翠盖摩天回，盘根拔地雄。赐封来汉代，结种在鸿蒙。"诗中就讲述了一个美妙的故事。

西汉元封元年，汉武帝刘彻来到嵩山南麓的嵩山书院，刚一进门，就看见一棵柏树，身材奇伟，枝叶茂密，武帝仰望许久，随口封为"大将军"。穿过二进院又见一棵柏树比"大将军"还要大，武帝颇为懊悔。但自己贵为天子，不容改口。遂封为"二将军"。走进三进院，又见一棵比前两棵还要大的柏树，汉武帝更为不爽，但又不好更改，于是，脱口而出："委屈你了，就叫三将军吧"。

结果呢，"大将军"不大，却封为老大，高兴的大笑，笑弯了腰，成了弯腰树。"二将军"屈居第二，心生闷气，肚皮气炸，变成了空心树。"三将军"最大，却屈尊为第三，为此十分恼怒，它突起一枝直插天际，好像与人争斗的样子，由于树枝直插云端，不幸被雷击中，最后落个天火焚烧的下场。

今天留给后人的两株"将军柏","大将军柏"半伏于石墙之上,"二将军柏"树高约20米,树干粗约5米,树身已空,中间可容四人坐下打牌。据古树研究专家测算,这两棵柏树的树龄都在4500年以上,是中国现存最古老的柏树。堪称中国古柏之冠。目前树身虽有部分树皮脱落,但经古树保护专家的抢救和复壮,依然生机尚存,枝叶犹茂,苍劲挺拔。

凡来到书院的人,都忘不了要瞻仰这两棵古柏,清高宗弘历于乾隆十五年十月一日游嵩阳书院时曾赋诗以赞:"书院嵩高景最清,石幢犹记故宫名。山色溪声留宿雨,菊香竹韵喜新晴。初来岂得无言别,汉柏阴中句偶成。"

1985年10月25日,胡耀邦来此参观时,听完工作人员的讲解,笑了笑,随口吟道:"将军何必脾气大,为个虚名争高下。肚皮一破毁美名,千古以来留笑话。我今封汝为元帅,叱咤风云安天下。运筹帷幄千里外,说说你有本事吗?"然后对随行的工作人员说:"我封这棵二将军为元帅,大家同意吗?"大家说"同意",胡耀邦笑了,对着中院的柏树说:"听到了吗?从今天起,你就是'元帅柏'了!"

我曾多次来嵩阳书院参观,每次都会在古柏下小憩沉思。我想,当初修书院的人无疑是极有眼光的,他们把书院围着几棵大柏树修建,可乘凉遮阴,可挡风避雨,可闻鸟语呢喃,学生在树下读书朗朗,老师在树下谆谆教诲。更有意义的是,朱熹曾在树下著书立说,二程在树下读书备课,司马光在树下修改《资治通鉴》,范仲淹在树下闻鸡起舞……如果没有这两棵古柏,嵩阳书院就要大为减色,少了几分生气。

2010年8月1日,联合国教科文组织第34届世界遗产大会审议通过,将中国的登封"天地之中"历史建筑群列为世界文化遗产,其中就包括嵩阳书院,自然也包括那两棵千年古柏。前不久,我又陪北京友人来嵩阳书院参观,似乎觉得那两棵古柏树叶更多更绿了,也更有精神了,显得生机勃勃，郁郁葱葱，虽已 4500 年高龄，却毫无龙钟老态，张开的枝杈好像在欢迎我们，摇曳的树叶发出沙沙之声，好像在吟诵国学经典，此情此景，妙不可言，感谢造物主，感谢大地母亲，我不由得深深陶醉了。

美哉，嵩阳古柏，壮哉，嵩阳古柏！

九华山挑山工

"天下名山僧占多"，但凡建有庙宇的名山，自然都少不了挑山工，建筑材料、生活用品，都要靠他们一点点挑上山去，我去过的泰山、黄山、华山、五台山、普陀山，都有挑山工忙碌而坚毅的身影，给我留下深刻印象。

前些时去佛教圣地九华山旅游，这里是地藏菩萨的道场，在通往最高峰天台寺的山路上，我又看到了许多勤劳的挑山工。因为这几年疾病缠身，身体有些发虚，爬了一段，气喘吁吁，汗流浃背，便想打退堂鼓，仰望着高耸入云的顶峰，我对自己能不能爬上去没有信心，但我看到那些和我年纪相仿却肩头负重上百斤的挑山工，心里既惭愧又不甘，人家挑那么重的担子都能爬上去，我怎么就不行？

我鼓足勇气，慢慢往上爬，爬十几个台阶就要停下来喘口气，擦把汗，一个个挑山工在超越过去，他们的步伐凝重而坚定，目不斜视，表情安详，聚精会神，嘴里还念念有词，有的是给自己加油，有的是请菩萨保佑。我发现，这里的挑山工人人多了一个工具——挂棍。这根棍子的作用很大，既可以在累时换肩，又可以在休息时支撑货物，挺有用的。

挑山工多是四五十岁的精壮汉子，个子都不高，脸晒成古铜色，肩头结了厚厚的茧，裸露的小腿上只剩下干瘦的肌肉，还有鼓起来的道道青筋。我问过一个挑水泥的挑山工，他挑两袋水泥200斤，从山下挑到山顶需要两个半小时，能挣100元钱，如果天天上山，每月能挣3000元钱。虽然辛苦，但收入稳定，比出去打工还挣得略多一些，且能照顾家庭，他饱经风霜的脸上露出满意的笑容。

挑山工是重体力活，需要一副好身板，不是谁都能干的，因而几乎清一色是男人的世界，但这次在九华山慧居寺却看到了一个女性挑山工。她有三十多岁，好像还不到一米六高的样子，精瘦柔弱，挑的是面粉和青菜。卸肩的时候，我和她聊天。她说的是一口安徽腔的普通话，基本上能听懂，她有两个孩子在读书，丈夫去深圳打工，每月虽有钱寄回来，但用度还是紧张，山里没别的营生，她就干起了挑山工，因为力气小，一次只能挑百把斤，每月能挣2000元左右，是家里一项很重要的收入。

下山的时候，走到刻着"东南第一山"的巨石下，碰到一个正在歇肩的的老挑山工，眉发皆白，满脸皱纹，问他年纪，说是72岁了。老人家好辛苦啊，合个影好吗？我说，并顺手往他的扁担上放了几枚硬币。他念一声"阿弥陀佛"，然后摆摆手说，这不算啥，我已干30多年了，习惯了，儿子不让我干，让我在家养老，我闲不住，还是上山转转好，回去吃得香，睡得安。说完，老人抖擞一下精神，挑起担子又往山上爬去。

挑山工，默默无闻，埋头苦干，游人在游山玩水，他们却在如牛负重，香客在进香还愿，他们却在挥洒汗水。他们坚韧、恒持、不泄气、不埋怨、朝着既定目标一步步攀登，日复一日，年复一年，在为自己挣来生活费用的同时，也在美化着人间社会。于是我不禁想起地藏菩萨发的宏愿"地狱未空誓不成佛，众生度尽方证菩提"，这些辛苦勤劳的挑山工，身上不是多少都有些地藏菩萨的影子吗？我看到他们竹子做的扁担上，有不少沿途香客投给的一元硬币，这是对他们劳动的敬重，也是感谢，沿途还有不少游客为他们照相，画家为他们作画，看来，还不是我一个对他们感兴趣。

回家很多天了，眼前还一直晃动着挑山工的影子，他们的乐观、坚毅、艰韧、苦干精神，一直在激励着我，使我不敢懈怠，不言放弃，在人生事业的山上不懈攀登。

平庸的权利

报载，父亲和上高中的儿子拌嘴。父亲嫌儿子不努力，期末没考好，说你这样下去会平庸一辈子。谁知儿子毫不示弱，当即回嘴："平庸咋了？平庸招谁惹谁了？平庸也是人生的权利！"

我觉着这孩子说得没错，因为我也是一个平庸的人。与那些杰出者相比，也会自惭形秽，但冷静下来想想，我这样活着也挺不错，舒适自然，波澜不惊。平庸是一种权利，平庸的人虽与世无争，不愿拔尖，只要能自食其力，自得其乐，把他那一亩三分地收拾好，又不拖累他人，不危害社会，就无可指责。其实，看看我们的周围，绝大多数人都是在这样生活的，他们默默无闻，不声不响，工作一般，收入一般，见识一般，生活质量一般，像一棵小草一样平凡无奇。

人生在世，歧路多多。追求卓越，是一种选择：甘于平庸，也是一种选择。二者完全可以并行不悖，各得其所。追求卓越，固然可以成为马云、王石、俞敏洪、雷军那样的商界巨子，可以成为莫言、刘翔、张艺谋、章子怡那样的文体明星，可以成为屠呦呦、钱学森、袁隆平、邓稼先那样的科学巨匠，但毕竟成功的概率很小，用万里挑一来说也不算夸张。而甘于平庸，则会成为像我和周围的许多平民百姓一样，多如恒河沙数，虽无声无息，不惊不奇，对社会进步起到的作用微乎其微，但也是不可或缺的，如果没有我们这些人形成的巨大塔座，就不可能有高耸入云的塔尖。

曾有一首流行很广的歌曲《小草》："没有花香，没有树高，我是一棵无人知道的小草，从不寂寞，从不烦恼，你看我的伙伴遍及天涯海角。"据说是因为不够励志，甘于平庸，落后于时代，如今已很少有人唱起。而取而代之的是《我的未来不是梦》《飞得更高》之类的励志歌曲。但整来整去，到末了，还是"小草"居多，"飞人"偏少。原因很简单，决定一个人是否平庸，除了个人选择，还有社会选择。能力、水平、机遇、环境，都有相当的话语权，不是你不想平庸就能不平庸的。

成熟的社会，不会老在讨论平庸与否的问题，更不会强迫他人不平庸，推崇人人都遵从自己的内心选择。你可以不甘平庸，但不能要求人家和你一样；你可以写心灵鸡汤启发别人不平庸，但不要奢望你的文章有多大作用。汉光武帝刘秀选择面南称帝，他的同学严子陵选择垂钓山野；山涛选择出世做官，同为竹林七贤的嵇康选择人世隐居；杜鲁门选择当美国总统，他的哥哥选择做一个种土豆的农夫。前者享受杰出人物的荣耀，后者享受平静生活的乐趣，幸福指数不一定就比前者低。孰优孰劣，孰高孰下，只有他们自己知道。

理智的父母，也不会强制自己的子女去选择某种生活模式。学者龙应台在《亲爱的安德烈》一书里记下这样一段对话。儿子："妈，你要清楚接受一个事实，就是你有一个极其平庸的儿子。我几乎可以确定我不太可能有爸爸的成就，更不可能有你的成就。我可能会变成一个很普通的人，有很普通的学历，很普通的职业，不太有钱，也没有名，一个最最平庸的人。你会失望吗？"妈妈："对我最重要的，不是你有否成就，而是你是否快乐。"

不知道有多少妈妈会像龙应台那样坦然豁达地接受孩子平庸的事实。但现实就是这样残酷，不论你是否愿意接受，根据统计，无论如何，整个社会只有不超过 5% 的精英；85% 的学生会是十分普通、平庸的：还有 10% 的孩子因为种种原因，甚至会沦落到社会底层，成为接受救济的群体。

平庸是我们的权利，请尊重这种权利。你可以出将入相，功成名就；我也可以"采菊东篱下，悠然见南山"。

交友六忌

有道是"物以类聚，人以群分"，这话看似不恭，其实极有道理。依我大半辈子的人生经验，要想心平气和自得其乐地过日子，一定要有一个合适的朋友圈儿，找到几个志同道合的朋友，为此，交友当有六忌。

不与豪富交，我不穷。穷与富都是相对而言的，本来，你的小日子过得不错，房子虽不大够住，钞票虽不多够花，可是如果硬要和豪富大款交往，一看人家那豪宅花园、名车游艇，再看人家花天酒地、一掷千金的派头。登时就觉得自己太穷了，穷得惨不忍睹，穷得无地自容。其实，你的家境并无任何变化，屋还是那间屋，钱还是那些钱，只是因交友"不慎"，一下子就把自己变成"穷人"了。

不与显贵交，我不贱。在自己生活的圈子里，我堂堂正正，无欲则刚，人人敬我，我敬人人，是个顶天立地的纯爷们儿。可是，如果我这样的草根一族一旦削尖脑袋跻身于显贵圈子去混世界，"朝叩富儿门。暮随肥马尘"。那就少不了仰人鼻息，唯唯诺诺。受人白眼，成了谁也瞧不起的贱骨头。人家是炙手可热大富大贵，我是平平常常普普通通，本不是一路人，硬往一块儿凑，其结果只能是"人比人该死，货比货该扔"，这又何苦来着？

不与名流交，我不惭。名士大腕，名震中外；我却默默无闻，如同无名小草，活着没有影响，走了也没人在意。本来这也很正常，既然是两股道上跑的车，那就各行其是算了，可如果硬要把你的热脸往人家的冷屁股上贴，请题词，要签名，留合影，约饭局，那就很可能自讨没趣，自取其辱，还会使自己感觉格外自惭形秽。

不与市侩交，我不俗。社会上有些人市侩气很重，俗不可耐，他们为人势利，没有底线；攀附富贵，奴颜婢膝；只讲利益，不论是非；投机取巧，四处钻营；精神猥琐，行为粗鄙。对这种人也要格外当心，敬而远之，不要与之厮混，免得"近朱者赤近墨者黑"，最后自己也变得俗气逼人，面目狰狞。

不与匪类交，我不险。还有一号人，心狠手辣，胆大妄为，喜欢冒险，匪气十足。他们信奉"富贵险中求"的做人原则，向往"人无横财不富"的发财之道，放荡不羁，藐视法律，因而喜欢赌博、贩毒、走私、造假、非法集资之类来钱快的活儿，弄不好就进了板房。这种人也是千万不能沾惹的，否则，耳濡目染，潜移默化，人一沾上匪气，心野了，气浮了，胆大了，那也是很危险的事。

不与腐儒交，我不迂。明朝名臣于谦诗曰"拔剑舞中廷，浩歌振林峦。丈夫意如此，不学腐儒酸"，我也心有戚戚焉。我喜欢与读书人交往，但不乐意与那些死读书的书呆子来往，他们往往夸夸其谈，却是纸上谈兵；大言不惭，实则百无一用；不会变通，办事死板僵硬；不识时务，一味穷酸孤傲。不与腐儒交，我脚踏实地，与时俱进，不务空谈，从容处世。

有了这交友六忌，我结交的朋友与我地位相当，财力相近，爱好一致，品位同等，可相互切磋，彼此砥砺，不会互相轻视，嫌高论低。久而久之，"蓬生麻中，不扶自直"，我也会因交友而受益无穷，做到能机变，不迂腐；有底线，不涉险；远虚荣，不卑亢。

一个人如果不穷、不贱、不惭、不俗、不迂、不涉险境，没有失败感，不自卑自弃，自我感觉良好，还常怀感激之情，那么。这个人的生活或许算不上"诗意的栖居"；但肯定潇洒快乐、本色自然，就如山间明月，江上清风。

一步之遥

　　世事多变，物极必反，许多看似完全相反的事，实际距离或许是十万八千里，也可能只是一步之遥，随时都有互相转化的可能。《红楼梦》里的"陋室空堂，当年笏满床，衰草枯杨，曾为歌舞场。""因嫌纱帽小，致使锁枷杠，昨怜破袄寒，今嫌紫蟒长"。就是对"一步之遥"的形象描绘。

　　生与死一步之遥。站在悬崖边上的人，向后退一步就是生，往前走一步就是死。动手术的危重病号，下了手术台就是生，下不了手术台就是死。戊戌变法失败后的谭嗣同，出门躲躲就是生，坐在家里就是死。元大牢里的文天祥，点个头就是生，不服软就是死。可在他们看来，信念、气节比生命更重要，宁可舍生取义，慷慨赴死，令人无比景仰。

　　爱与恨一步之遥。莎士比亚的《奥赛罗》里，奥赛罗与苔丝狄梦娜何其恩爱，卿卿我我，如胶似漆，可当他听到伊阿古说他妻子不忠的挑拨后，居然亲手掐死了爱妻。人世间，我们见过多少因分手而反目为仇的恋人，刚才还爱得死去活来，转眼间就恨得咬牙切齿，报复的，毁容的，杀人的，怎么狠就怎么来，爱的有多深，恨的就有多深。

友与敌一步之遥。《水浒》里林冲与陆谦本是好得穿一条裤子都嫌宽的密友，可在高俅的威逼利诱下，陆谦成了卖友求荣的小人，最后阴谋败露，死于林冲刀下。当然，也有化敌为友的，林肯当选总统后，就重用了不少当初的政敌，在他的感召下，这些人后来不仅成了他的左膀右臂，也成了他的知心朋友。

成与败一步之遥。拿破仑的法军与惠灵顿的联军大战于滑铁卢，势均力敌，不相上下，双方都已筋疲力尽，弹尽粮绝。结果惠灵顿的援兵早到5分钟，就获得了最后胜利，而拿破仑因援兵慢了一步，只能咽下失败的苦果。成与败、胜与负，有时差距很小，谁能再坚持一下就成功了，放弃了就失败了。拳击场上，常以点数多少来论输赢；百米赛道上，冠亚军不过是区区零点零几秒的差距。功败垂成、功亏一篑的事，数不胜数。

福与祸一步之遥。老子早就说过，"祸兮福之所倚，福兮祸之所伏"。苏东坡本来高官厚禄，妻妾成群，可他不知惜福，偏要舞文弄墨，一句诗文没写好，被人诬告入狱，脑袋虽保住了，可后半辈子都生活在颠沛流离中，苦不堪言。时下的一些小家庭，原本幸福温馨，却不珍惜，为寻找刺激，或追求外遇，或赌博吸毒，结果是祸及家人，妻离子散，这就是孟子说的那个话"天作孽犹可违，自作孽不可活"。

功与罪一步之遥。想那袁世凯，训练新军，逼迫清帝和平退位，开创中华民国，督修铁路，兴办工厂，大力发展实业，废除科举制度，推广免费国民学校，多有建树，功劳不小。可惜，他最后走错了一步，要黄袍加身，称孤道寡，成了开历史倒车的罪人。本可以成为"中国华盛顿"的他，却成了窃国大盗，独夫民贼，本可以流芳千古的他，最后却遗臭万年。而今眼下，那些落网的贪官，当初也都是有些功劳的，有的功劳还不小，遗憾的是晚节不保，贪污受贿，以权谋私，最后成了人民的罪人，座上客变成阶下囚。

著名作家柳青说过："人生的道路虽然漫长，但紧要处常常只有几步。"一个人想一辈子都走好，一步也不错，似不现实，关键是把握好那"紧要几步"，节骨眼上的"一步之遥"千万不能走错，以免多走一步就会乐极生悲，走错一步便转福为祸，"一失足成千古恨，再回头已百年身"。

没什么东西是不能放手的

　　我一个亲戚的孩子失恋了，十分痛苦，觉得天要塌了，每日寻死觅活的，就是无法割舍那一段感情，亲戚很担心他出事，让我去劝劝他。我苦口婆心开导了他半天，说得口干舌燥，不知他听进去没有，最后我也不耐烦了，给他撂下一句话：别自作多情了，世界上没啥东西是不能放手的！

　　果然，不到一个月，他就又领了一个漂亮姑娘回家了，前边的事好像没发生过一样。可能很多人都有过这样的经历，我年轻时也曾因失恋痛不欲生，一时间对爱情婚姻信心全无，甚至觉得失去了活着的意义。但也就是过了半年左右，碰到了我今天的妻子，建立了幸福家庭，不久又有了可爱的孩子。这些年走来，夫唱妇和，伉俪情深，我庆幸有了当初的放手，才有了后来的牵手。虽然偶尔也会想到失恋后的那一段不堪，但再也激不起任何感情的涟漪。

　　最不容易放手的，莫过于权力了，因其魅力与诱惑都很大。新希望集团董事长刘永好，一向自己掌管大权，总怕别人管不好，后来他毅然放手，把管理大权交给了33岁的女儿。他觉得自己年龄大了，精力不够了，到了放手的时候，他说：我们不要去找死，也不要去等死，不等死就必须要变，只有创新，放手把企业交给更有活力的年轻人，企业才能屹立不倒。

血比水浓，亲情也是很难舍弃的，可每人一生要有若干次与亲人告别，每次都会如撕心裂肺一般疼痛，但我们还是放手了，走过来了。汶川大地震，69227人遇难，17923人失踪，成千上万家庭失去了亲人，创深剧痛。但坚强的汶川人没有被灾难压倒，几年过去了，许多人重建了家庭，又生了孩子，走出了地震的阴影。

爱情如此，权力如此，亲情如此，还有友谊、恩怨、地位、官帽、荣誉、钞票等身外之物，无不如此，须放手时当放手，如果死抓住不放，只能自寻烦恼。既然生不带来，死不带去，有此不多，无此不少，那就犯不着为了那些未必不能放手的东西去耿耿于怀，去日思夜想，去自怨自艾，去牵肠挂肚。

在非洲的热带丛林里，人们用一种奇特的狩猎方法捕捉猴子：在一个固定的小木盒里面，装上猴子爱吃的坚果，盒子上开一个小口，刚好够猴子的前爪伸进去，猴子一旦抓住坚果，爪子就抽不出来了。人们常用这种办法捉住猴子，因为猴子有一种习惯：不肯放弃已经到手的东西。因此人们总是嘲笑猴子的愚蠢：为什么不松开爪子放下坚果逃命呢？其实，反思一下人类自己，在这个问题上许多人都比贪婪的猴子高明不到哪里去。古往今来，因只会伸手不肯放手而丢掉性命的又何止万千？

《菜根谭》说："两个空拳握古今，握住了还当松手；一条竹杖挑明月，挑到时也要息肩。"人这一辈子，手经常处于两种状态，一是伸手，二是放手。伸手，这是人人都会的动作，出自"本能"，教都不用教，婴儿生下来就会伸手乱抓，抓住什么是什么。放手，本是一个更简单的动作，但有些人却一辈子都没学会，抓钱抓权抓官帽抓房子抓荣誉只知伸手，从不会放手，只有大限到时，才会手一松，脚一蹬，两眼一闭，万事俱休。因而，一个心态正常的人，应当既会伸手又会放手，该你得到的东西，尽可以努力争取，不论功名利禄；不该你得到的东西，就不要伸手，别忘了"伸手必被捉"的教训。

这个世界上没有什么东西是不能放手的，所差别的无非是主动还是被迫放手罢了。或许是用情太深，有些东西我们觉得一放手就会天塌地陷，没法活了，其实未必。李叔同弃了家室，楚霸王舍了天下，柳三变轻了功名，沈从文离了文坛，姚明别了篮球，李娜扔了麦克，地球该咋转还是咋转，无非给后人留了一段谈资罢了。

情书

再早十年往前，但凡有点文化、又是自由恋爱的人，恐怕都写过情书。在通讯不发达的年代，情书就是传递爱情的主要载体，写着写着，情侣们就一对对走进了婚姻的殿堂。

情书可以写得很短，也可以写得很长。"事到如今恐需速定，勿再犹豫嫁给我吧。"马英九的16字情书，言简意赅，直抵中心，一下子就定了终身大事，这就叫少少胜多多。沈阳苏家屯区市民郭先生，写给俄罗斯姑娘玛莎的情书长达30万言，已以"世界上最长的情书"为由申请吉尼斯世界纪录。但结婚这事儿却迟迟没听说有下文，看来情书写得长也未必就能奏效，还要强调质量意识。

热烈，一般都是情书的主基调。1926年，热情如火的徐志摩给陆小曼的情书里写道："龙龙：我的肝肠寸寸的断了。今晚再不好好的给你一封信，再不把我的心给你看，我就不配爱你，就不配受你的爱。我的小龙呀，这实在是太难受了。我现在不愿别的只愿我伴着你一同吃苦，让你血液里的讨命鬼来找着我吧！"这是写得热烈的情书范本，以至于徐志摩的情书《爱眉小札》出版后，连许多自认为是开放新潮的人读了都觉得有点脸红，不好意思。

春华秋实，四时有序。情书本应是青年恋人的应时玩意儿，可老年人要秋行春令，写起情书也不甘人后。1974年11月，丧偶两年、年过七旬的作家梁实秋，认识了比他小将近30岁的台湾歌星韩菁清，对她一见倾心，顿时陷入情网。在追求韩菁清的过程中，梁实秋写了上千封情书，有时一天竟要写三封之多，梁实秋和韩菁清的恋情遭到了许多人的非议和反对，但他们还是力排众议于1975年5月9日结婚。

始终以横眉冷对面世的鲁迅，严肃的外表下也有一颗柔软的心。他在给许广平的情书里，也柔情似水，十分缠绵，昵称许广平是小白象、小鬼、害马、枭蛇鬼怪……鲁迅曾在一封情书里大胆地表露了自己的爱意："我对于名誉、地位，什么都不要，只要枭蛇鬼怪够了。"鲁迅和许广平的情书之多，内容之丰富，以至于后来出了一本厚厚的《两地书》，成为研究鲁迅的重要史料。

在我的印象里，如果以情书数量来计算，沈从文可能会独占鳌头。从1929年到1933年，不论走到哪里，沈从文几乎天天都要给情人张兆和写一封情书。精诚所至，金石为开，他终于从"第13号癞蛤蟆"跃升为第1号幸运儿，成了张家的乘龙快婿。于是，我们都不无羡慕地记住了沈从文情书里的一句名言："我这一辈子走过许多地方的路，行过许多地方的桥，看过许多次数的云，喝过许多种类的酒，却只爱过一个正当年龄的人。"

而被称为"天下第一情书"的，您可能无论如何也想不到，那是出自马克思的妻子燕妮之手。燕妮出身贵族，美丽绝伦，是典型的"白富美"，身边有众多条件优越的追求者，她却看上了平民子弟马克思，而且还爱得很痴情。她在情书里写道："我的亲爱的、唯一心爱的：你的形象在我面前是多么光辉灿烂，多么威武堂皇啊！我从内心里多么渴望着你能常在我的身旁。我的心啊，是如何满怀喜悦的欢欣为你跳动，我的心啊，是何等焦虑地在你走过的道路上跟随着你……"事实证明，燕妮是有眼光的，她用青春和爱情帮助一个伟人走向成功，自己也成为不朽。

　　当然，"各领风骚三五年"，如今的年轻人时兴"闪婚"，又喜欢微信、短信、网聊、QQ，不喜欢黏黏糊糊，旷日持久地表白抒情，已经很少有人再写情书了，偶尔见到父母当年情书，大惊小怪之余，觉得那东西好像出土文物——不过，要是个"元青花"也很值钱啊！

我们依旧是我们？

影视明星范冰冰和李晨劳燕分飞，各发分手声明，寥寥数言，却不乏看点，有情有义又保持分寸，显见其文字考究，用心良苦。其中尤以范冰冰的声明最有文艺范儿，也最具哲理："我们不再是我们，我们依旧是我们。"虽然，分分合合乃明星常态，不足为奇，但这一对金童玉女的分道扬镳，还是多少让人感到有些意外，因为范冰冰曾红口白牙信誓旦旦地在电视里公开表示"这是我最后一个男友"，遗憾的是还是没能走到底。当然，这会儿分手总比结婚后再分要更好。

老子《道德经》里一开头，就说"道可道，非常道"，三个道字各有其意，玄妙无比。范冰冰的分手声明里则一口气用了四个我们，也意思各有不同，堪与老子相媲美。前两个"我们"的意思是，作为情侣的我们已不存在，都成了自由之身，以后不会再一起卿卿我我，秀恩爱，撒狗粮；后两个"我们"的意思是，作为自然人的我们，却没什么变化，身份证，出国护照，户口本，籍贯履历，还都涛声依旧，行不更名，坐不改姓。

从哲学意义上来说，世上没有两片完全相同的树叶，人不能同时踏进一条河，此一刻的我已不是前一刻的我；从生理学意义上来说，每一秒我们的身体都会发生变化，都会有若干脑细胞死亡，身体其他细胞也在按部就班地衰变，我们离"大自在"会更加趋近。这是大势所趋，谁也无法改变，"纵有千年铁门槛，终须一个土馒头。"我们固然无法阻挡自己走向衰老，但可以使自己始终保持内心强大，就像心学鼻祖王阳明，一生强悍，叱咤风云，直到生命的最后一刻，仍心雄万丈，襟怀坦荡，"此心光明，亦复何言"。

　　从学习进取层面来说，我们要争取"苟日新，日日新，又日新"，不断学习，掌握新的知识技能，今天的我们要超过昨天的我们，每天都要进步提高，每天都要积累功德，努力做到"我们不再是我们"。三国时，吕蒙初不习文，后经孙权开导，发奋读书，学问大进。鲁肃再与吕蒙议论，大惊曰："卿今者才略，非复吴下阿蒙！"吕蒙也不无自豪：士别三日当刮目相看，今天的我已不是旧时的我了。

　　从身份变化角度来说，每个人都在变化，有的往好里变，有的往差里变，不论怎么变都要做到宠辱不惊。譬如说官升了，提职了，出名了，发财了，变得"不再是我们"，这个时候，则应尽量保持初心，不能忘乎所以，失了本真，不知自己从哪里来，到哪里去。朱元璋当皇帝后写信给老友说"我朱元璋虽当了皇帝，但我还是我，不会忘记出身，忘记老友"，话很动人，可看他后来诛功臣杀朋友的翻脸不认人的狠劲儿，就知道他信里的话也就是说说而已——现在的我早已不是从前的我了。

　　因而，能认清"我们不再是我们"的现实是睿智，反之则可能会酿成悲剧，自取其辱。昔日穷小子朱买臣当了会稽太守，尽享荣华富贵，曾主动遗弃他的前妻要求复合，幻想"我们依旧是我们"，被朱买臣一番羞辱后上吊自杀，还留下一句成语：覆水难收。陈世美高中状元，功成名就，秦香莲还是个普通村妇，可她还痴痴地以为"我们依旧是我们"，结果一场风波后，陈世美固然咎由自取，身首异地，而无辜的秦香莲寡妇带三个孩子那日子也难过啊！

秦末，李斯与儿子同赴刑场，老泪纵横地说："我想与你再次牵黄犬，出上蔡东门去赶狡兔，恐怕是不行啦！"早已"不再是我们"的李斯，还幻想回到"依旧是我们"的日子，自然是痴人说梦，遗人笑柄。

世界上没有不运动的物质，运动和变化是绝对的，静止和稳定是相对的，因而，"我们不再是我们"是绝对真理，无法讨价还价；"我们依旧是我们"是相对真理，更多的是自我安抚或自欺欺人。因而，我们就应力求与日俱进，顺势变化，争取每天变得更美好一点，善良一点，睿智一点，充实一点。

这样，我们就可以信心满满地宣告"我们不再是我们"——就知识能力而言；"我们依旧是我们"——就不忘初心而论。